悪役令嬢は二度目の人生を従者に捧げたい２

紅城蒼

ビーズログ文庫

Contents

Character 人物紹介
リュカ
ロザリアの忠実な従者。
ロザリアを愛しすぎるが
ゆえ時に暴走することも
……？
ロザリア・フェルダント
乙女ゲームの悪役令嬢に転
生。前世の最推しキャラで
あるリュカが好きすぎて過保
護になりがち。
悪役令嬢は二度目の人生を従者に捧げたい2

イヴァン・ウォーリア
【攻略対象】
学園の教師。物腰の
柔らかいフェミニスト。
オスカー・ディオ・
エルフィーノ
【攻略対象】
エルフィーノ王国の王太子。
ロザリアの元婚約者。
ルイス・
フェルダント
【攻略対象】
ロザリアの一つ上の
兄。文武両道な超
絶美形キャラ。
サラ・ベネット
【ヒロイン】
平民ながら妖精が見
られる能力を持つ。
強火ロザリア担。
ミゲル・モーガン
【攻略対象】
明るく陽気なムードメー
カー的存在。

イラスト／獅童ありす

序章　従者の懸念

リュカが敬愛する主人は、とても美しい女性である。心根も容姿も、世界中の誰よりも美しいお方だとリュカは思っている。

お仕えするようになって十年の月日が経つが、それは変わらない。むしろここ最近、ますます輝きが増したように感じているほどだ。

「ロザリア様、本日お持ちするお菓子はこちらでよろしいですか？」

早朝から仕込んでいたビスケットを差し出すと、リュカの大事な主人――ロザリア・フエルダントは、ぱあっと顔を輝かせた。

「わあ、とっても美味しそう！　今朝も用意してくれたのね。いつもありがとう、リュカ」

花が咲くような笑顔を向けてくれたロザリアに、自然と自分の口元も緩んでしまう。

（ああ、なんて可愛らしいのだろう。些細なことでもこんなに喜んでくださるなんて）

少し前までの彼女なら、リュカの行動に興味を示すことはなかった。だがそれは、自身が従者という立場である以上、当たり前のことだと気にしていなかった。だというのに、近頃はこうして一つ一つの行動に関心を寄せ、言葉をかけてくれるようになったものだから、どうしようもなく嬉しくなってしまうのである。

ロザリアの喜びは自分の喜び。彼女の健やかな笑顔をこれからも守り続けていきたい。

そう決意するリュカだったが、同時に懸念事項が増えていることも悩みの種なのであった。

――ロザリアに惹かれる輩が、後を絶たないからだ。

当然だとは思う。以前より魅力が増してしまった彼女を無視するなんて、近くにいたら出来るわけがないだろうから。

だからリュカは、これからが本当の戦いなのだと気を引き締めている。〝乙女の騎士〟の称号を授かった者として、妖精が関わるあらゆるトラブルからロザリアを守るだけでなく、彼女に群がる連中からも守らなければならないと。そしてこの先も共にいるために、自分に出来る精一杯のことをしなくてはならないと。

(私が長年積み上げてきた想いを、舐めてもらっては困る)

そのためにはまず、少々鈍感な主人に誰よりも自分のことを意識してもらう必要もあるのだった。従者としてだけではなく、一人の男として恋い慕っているのだということを。

第一章　未履修の続編が始まる

妖精と共存する世界が舞台の乙女ゲーム、《妖精の乙女と祝福の泉》。《おといず》と呼ばれ、多くのファンを獲得し愛されたその作品には、主要キャラよりもデザインに手が込んでいると評されたほどの美形な悪役キャラが存在した。

それは、ヒロインのライバルポジションにあたる公爵令嬢ロザリア・フェルダントと、彼女の忠実な従者、リュカというキャラクターである。

いわゆる悪役令嬢のロザリアは、ヒロインへの悪質な行為と法に違反する行動の数々により、最終的にリュカと共に断罪されてしまうキャラだ。当時いちユーザーとしてプレイしていた自分も、「こいつは本当に救いようがない」と何度も眉を顰めたものである。

だがリュカへの感情は違った。美しく賢く非の打ち所がない青年だというのに、ロザリア命で主人のためならどんな命令でも真摯にこなしてしまうその姿に、主従モノ好きの心をガシッと摑まれてしまったのだ。攻略対象なんて目に入らないほど惹かれてしまった。

一言で言うと、推しだった。リュカは非攻略対象キャラだというのに、他の誰にも抱いたことのない熱烈な愛情を捧げてしまうほどの、最推しだったのだ。

そんな《おといず》の世界に自分がロザリアとして転生した事実に気付いたのは、この春のこと。最初はかなり動揺もしたが、リュカが目の前に現れた衝撃で全てが吹っ飛び、そして焦った。言うまでもなく、リュカの未来を知ってしまっていたからだ。

ロザリアのせいでリュカの命を散らすわけにはいかない。この命に代えても守り切らなければ——その一心で、リュカと共に国外追放で留まる唯一の生存エンドへシナリオを進めようと、学園の一学期いっぱいを使ってロザリアは努力した。その結果、処刑を免れることには見事成功した。しかも本来のシナリオではヒロインが得るはずの、〝妖精の乙女〟という特別な称号を授かる……という素晴らしいオマケ付きで。

(そう……、私はやり遂げたのよ)

目覚めたばかりの寝台の上で、ロザリアは小さく息を吐いた。『リュカを生き残らせる』。それが一番の願いであり、ロザリアとして転生した自分の最大の使命であった。それを成し遂げられた今、もう心配するようなことなどないと思っていたのだが、どうやらそれは大きな勘違いだったらしい。その要因の一つは、彼自身にあって——……。

「おはようございます、ロザリア様」

(来た————っ!)

扉の前で恭しく頭を下げて礼をした青年が、顔を上げて微笑んだ。サラサラの金髪と萌黄色の瞳が、窓から射し込む朝日を反射してキラッキラに輝いている。

（くぅっ……、今日も美しい……！）

全身から光を発しているように錯覚してしまうこの美青年こそ、推し兼従者のリュカである。目が眩む輝きに圧倒されながらも、ロザリアは「おはよう」と努めて冷静に返した。

（ああ、舐めるように眺めたい……っ。でも我慢して、私。今は試練の時なのよ……！）

朝から一分の隙もない装いで、ピンと背筋が伸びた真っ直ぐな立ち姿。今日も完璧な従者として現れたリュカが、起床直後に口にする白湯を差し出してくれるのを、緊張を滲ませながら受け取る。――ここまではいい。いつも通りだ。

リュカが隣室へ移動したところで、制服に着替える。それから、ちょうど良い頃合いで戻ってきた彼が待つ鏡台の元へ行き、腰を下ろす。うん。ここまでも問題ない。

（……ここからよ）

ロザリアはゴクッと唾を呑み、リュカを注視した。彼の手がロザリアの深紫色の髪を持ち上げ、ブラシで優しく梳かし始める。壊れ物を扱うように、そおっと、そおっと。

深紅色の瞳を鏡越しにちらりと向けると、自分の髪をとても大切そうに見つめているリュカが目に入り、思わず顔が熱くなった。ずるい、そんな優しい顔をするなんて。

すると、ふとこちらを見た彼と目が合い、その上にこりと微笑まれてしまったので、慌てて視線を逸らした。鼓動がドクンドクンととても煩い。

（鎮まれ心臓、こんなことでドキドキしていたら、この後が持たないわよ……！）

そうして、その時は来た。髪を梳かし終え、いつもの編み込みまで完了させたリュカが、腰を折り曲げて屈み込んできたのだ。

「はい、ご準備が整いました」

（……だから近いんだってば～～～～っっっ!!）

リュカの顔がロザリアの真横に並んでいた。あと五センチで頬が触れ合いそうな位置だ。

（いやほんと、これは近すぎなのでは!?）

鏡に映った状態でかち合う視線に、心臓がバクバクと音を立てる。

ロザリアが気になっているのは、これなのだ。近頃のリュカはこんなふうに、ロザリアとの距離感を必要以上に詰めてくる傾向にあり、落ち着かなくさせられるのだ。

主人と従者という立場上、常に傍にいるのは当たり前なのだが、どうにも距離が近すぎると感じることがこのところ多いのである。以前はこんなふうではなかった。もっと適切な距離を保っていたと思う。髪のセットが終わった時だって、真っ直ぐ立ったまま「終わりました」と報告をして終わりだったはずだ。

なのに今は、こんなにも顔を近づけられている。魅惑の笑顔を携えた顔を。ロザリアは再びゴクリと音を立てて唾を呑み、声を絞り出した。

「ア、アリガトウ」

なんだかカタコトな返しになってしまったが、リュカは満足したように笑みを深めた。

「今日もたいへんお美しいです。私の大切なロザリア様」

甘さたっぷりな台詞は通常運転だ。しかし、特典としてつけ加えられたのは、これまた近頃のリュカがよく見せるようになった表情だった。

（そっ、その笑みは何⁉　優しさと甘さが限界突破したその微笑みはなんですか⁉）

いつも穏やかな表情をしているリュカであるが、この頃はこんなふうに、蕩けてしまいそうな笑みを向けてくることがあるのだ。まるで愛おしくて仕方がないと言わんばかりの、深愛に満ちた柔らかい表情。ゲームの立ち絵では見たことがない彼の姿に、ロザリアの心臓は破裂寸前である。しかしなんとか堪えて立ち上がり、お礼を言おうと試みる。

「ソ、ソレハドウモッ」

引き続き硬い声でそう言うと、あろうことかリュカがズイッと顔を近づけてきた。

（ひょわぁ⁉）

視界がリュカの顔でいっぱいになる。いつの間にか笑みは引っ込められており、今度は妙に真剣な表情だった。何かを訴えるような強い視線。これはよろしくない。

なぜなら、推しの美しい顔面にはいつまで経っても慣れることが出来ないからだ。見るたびに「今日も世界一美しいですありがとう」と称賛してしまうくらいには、毎度胸を高鳴らせて拝んでしまうものだというのに。特にこの従者は《おといず》でも公式認定の美形キャラだったのだから、その顔面の破壊力たるや半端ないのである。

（ただでさえ攻撃力が高い顔なのに、なんでこんな至近距離で見つめてくるの――⁉）

「ど、どうしたの、リュ……」

背中に汗をかきながら声を出すと、リュカの手がロザリアの前髪をさらりと掬った。

「ずいぶんと伸びてきましたね、前髪」

「へっ？」

「今夜お切りしましょう」

にこりと微笑まれ、眼前の破壊力抜群スマイルを喰らって腰が砕けた。しかし、まるで予知されていたかのように回されていた彼の腕に、しっかりと受け止められる。

「ロザリア様、もしやご体調が優れませんか？」

「…………っ、大丈夫よ……っ」

顔が真っ赤になっている自覚があったが、なんとか返事を口にする。リュカは「そうですか」といやに機嫌が良さそうに微笑んでいた。

「それでしたら、私は朝食の準備をして参りますね」

にこやかに去っていくリュカを見送ってから、ロザリアはへなへなと床に崩れ落ちた。

（……な、なんだ今のは――⁉）

いつもより推しからのサービスが割り増しだった。あれはずるい。あんな、乙女ゲームの攻略対象がしてくるような振る舞いをされると、たまったものではないのですが。

（あんなに顔を近づけられたら、お、思い出しちゃうじゃない！）

脳裏に浮かんだのは、彼の瑞々しい唇。ロザリアは、あの唇をいまだかつてないほどの至近距離で見てしまったことがあるのだ。

妖精女王より〝乙女〟の称号を授かってから数日経った、ある昼食時での出来事。破滅エンドを回避して浮かれながらリュカと過ごしていた時、その事件は起こった。

彼が何やら機嫌良さそうに話していたかと思うと、不意に顔を覗き込んできたのだ。萌黄色の輝きが目に映り、睫毛が触れそうな距離まで近づいてきて、そして――……。

（うぎゃ――――っっっ!!）

ぼふん、と顔から火が出る。触れていた。リュカの唇と、自分のそれが。次いで思い出されるのは、甘く低い声による告白で。

『心より貴女をお慕いしております。ロザリア様』

（うわぁぁぁぁぁぁぁぁぁぁ）

床にゴロンゴロンと転がりたくなるのを必死に堪えた。もう自分はただのオタクではなく公爵令嬢なのだから、そんな我を忘れた行動をしてはならない。

全身に力を入れて耐え、深呼吸をする。それから自分の状況を頭の中で整理した。

（嬉しいわよ。リュカも自分を好いてくれてるなんて、爆発しそうなほど嬉しいわよ！）

ロザリアだって彼のことが好きなのだ。推しだけど、それだけじゃなくて。一人の男の人としても好きだという事実に、ある時気付いてしまったのだから。

正直に言うと、今すぐにでも「あなたが好き！」と彼の胸に飛び込みたい気持ちだった。

〝乙女〟は妖精女王に認められた者しか伴侶に出来ないという制約があるものの、称号を授かると共に一番の障害だった王太子との婚約が解消となり、一旦は自由の身になったのだから。にも拘わらず、心のままに動き出せない切実な理由がロザリアにはあるのだった。

それには、この先――《おといず》のシナリオの先が大きく関与していた。

《おといず》は人気が高く、続編まで発売された乙女ゲームである。タイトルは《妖精の乙女と約束の鐘》、通称《おとかね》。そしてこの《おとかね》のシナリオにこそ、ロザリアの行動を制限させている最たる原因が潜んでいるのだった。

（《おとかね》では作中に起こる妖精トラブルを解決する途中で、『〝妖精の乙女〟と恋仲であることが理由で〝乙女の騎士〟が狙われる』展開があるのよ……！）

現状、〝乙女〟はロザリアで、〝騎士〟はリュカだ。つまりこのままいくと、リュカが狙われる展開になるというわけだ。

（駄目よそんなの！　リュカを危険な目に遭わすわけにはいかないわ!!）

せっかく前作のバッドエンドから彼を守ることに成功したのだから。

となれば、前作のように記憶を頼りに危険を回避すれば良いだろう――そう思いもしたのだが、ここで一つ大きな問題にぶち当たってしまったのだ。というのも、ロザリアは続編の内容を知らないのだった。――《おとかね》を全くプレイしていなかったのである。

（だって、リュカが一切登場しないんだものぉ……）

ロザリアはもちろん、リュカも登場しないのだ。リュカは《おといず》で処刑か国外追放されるロザリアと運命を共にするキャラなので、それは不可避の展開だった。仕方ない。仕方ないけれど、続編制作決定のニュースに加えその情報を得ると共に、前世の自分からは購買意欲が消え去ってしまったのである。

そしてそのせいで今、シナリオの情報をほとんど握っていないという苦境に立たされている。そうなると、自分に出来ることは一つだけであって。

（〝乙女〟と恋仲であることが原因で〝騎士〟が狙われるなら、恋人同士という関係を築かなければいいのよね……）

少々強引な方法だが、ロザリアにはそれしか思いつかなかった。少しでもリュカを危険に晒さないためには、小さな可能性でも見逃すわけにはいかないのだ。

それゆえに、ロザリアはリュカとのことに積極的な姿勢を取れないのだった。

（続編シナリオに進む可能性がある以上、浮ついたことを考えている場合じゃないのよ。最優先事項は、今後情報のない世界でリュカをどう守り抜くのか考えることだわ）

気持ちを切り替え、ロザリアは記憶の断片を掘り起こす。ゲーム誌に掲載されていた情報を、出来る限り脳内で連ねていく。

（《おとかね》は前作でヒロインと結ばれた攻略対象――〝乙女の騎士〟との、その後の話になるのよね）

四人の攻略対象が出揃ったところから始まり、各キャラのルートへ分岐していく前作と違って、続編は最初から〝騎士〟に選ばれた者との対個人のルートが展開されるようなのだ。前作では晴れて恋人同士になったところで終わった攻略対象と、恋仲ならではの紆余曲折を繰り返しつつ、最終的に婚約をするまでの物語なのである――と、紹介されていた。

（〝乙女〟が婚約するためには、妖精女王の許可がないといけない。続編では、それを得るためのキッカケとなるような、妖精が関わるトラブルが起こるのよ。それを攻略対象と共に収束させることで婚約を許され、エンディングとなる……という話だった……はず）

残念ながら、知っているのはここまでだった。リュカが一カットも載っていないゲーム誌を読む気にならなかったため、続編の内容は本当に大まかな部分しか知らないのだ。

（ああ、やっぱり不安。どうにかして続編へ進むことを止められないものかしら。ロザリアが〝乙女〟になったことで元のシナリオからは大きく外れてしまっているし……なんかこう、世界の歪みみたいなのが生まれて、続編自体がなかったことになったりは――……）

苦悩のあまり中二病的な思考に陥ったロザリアの意識を呼び戻したのは、愛する推しの声だった。

「ロザリア様、朝食のご用意が出来ました」

朗らかな笑顔のリュカに呼ばれ、ロザリアは仕方なく思考を中断し、自室を後にした。

妖精を見ることが出来る者のみ入学を許可されるエルフィーノ王立学園には、妖精が棲みやすいようにと、敷地内に広大な森が設けられている。

先日、その森の一画に造られたばかりの東屋でお気に入りの紅茶を飲んでいたロザリアは、隣に座る金髪の少女に声をかけられた。

「ロザリア様、研修旅行の班のメンバーはお決まりですか？」

愛らしい笑顔の少女の名はサラ・ベネット。《おといず》シリーズの正ヒロインである。

不思議なことに、ゲームとは違っていつの間にやらロザリアと仲良くなっていたサラが、目を輝かせてこちらを見ていた。

「研修旅行？」

「はい！」

（そういえば、教師がそんなのがあるとか言ってたっけ……）

リュカの今後のことで頭がいっぱいなせいで、教師の話をまともに聞いていなかったらしい。いかんぞこれは、と思っていると、向かい側から嗄れ声が聞こえてきた。

「旅行？　お前さんら、旅行に行くのかい」

「そうなんです。学校の授業の一環なんですよ」

「ほお、そうかい」

サラの返事に頷いたのは、この森に棲む老婆の姿をした妖精、ハッグだ。最近ロザリアの友人になった闇の妖精である。

周りを見回すと、他にも妖精がたくさん集まっていた。人間に友好的な光の妖精だけでなく、人々に害を為すことを好むという闇の妖精までもが、わらわらと。皆、ロザリアとお茶会をするために集まっているのだ。

この光景は、近頃学園で定番となりつつあるものであった。《おといず》終盤イベントをキッカケに、学園内に棲む光と闇の妖精は、友好な関係を結び始めている。もちろんまだ完璧とまではいかないが、闇の妖精が生徒に度を越した悪戯をすることがなくなり喜ばしい、と教師陣も喜んでいるようだ。

これはひとえに、闇の妖精と人間たちの共生を望んだロザリアが、妖精女王に〝乙女〟として認められた影響が大きかった。過去に、このように人と闇の妖精が一緒にテーブルを囲むことなどなかっただろう。だが今こうして、ロザリアは皆と過ごしている。本来の《おといず》でも見られなかった光景なので、これはちょっぴり嬉しかったりもする。

「なんだ、じゃあお前ら、しばらくここに来なくなるのか」

サラの反対隣に座っていた小鬼妖精が、リュカ手製のビスケットを頬張りながら言った。

「あら、寂しいの？　ゴブオ」

「ゴブオ？」

ロザリアがふふふと笑って問うと、背後に控えているリュカが繰り返した。

「この子は闇の妖精の友人第一号だから、名前をつけたのよ。ゴブリンだからゴブオです！」

「へへへ！」

ロザリアと一緒になって自慢げな顔をするゴブオを、リュカが困惑したように見つめる。

「……そうですか。良かったですね、ゴブオさん。ロザリア様に命名していただけるなんて、この上なく光栄なことです。どうかこれからも精進してください」

「やだ、大袈裟ね」

「おい、なんで睨んでんだ⁉」

急に怯え出したゴブオの視線を追うが、リュカはいつもの優しい表情だった。

「ゴブオったら。睨んでなんかいないじゃないの」

「ええー⁉　でもよぉ、今……」

ゴブオがぶつぶつと呟くのを遮るように手を伸ばしたリュカが、紅茶のお代わりを淹れてくれる。飲み終わるタイミングも完璧に見計らっていて、いつもの如く手際が良い。

「ゴブオさん、そんなに長いこと留守にするわけではありませんよ。研修旅行先に滞在するのは、一週間の予定ですから！」

サラの説明に、ロザリアのオタクセンサーがピクリと反応した。

（……一週間かけてする研修旅行？　……乙女ゲームのイベントの匂いがする‼）

ぶわりと汗が滲み出した。嫌な予感がする。これまでに何十作と乙女ゲームをプレイしてきたからこそわかる。ゲームのシナリオに持ってこいなイベントであると。

（それもしや、《おとかね》本編シナリオじゃないですか――⁉）

確証はないが、長年の乙女ゲームファンの勘がそう言っている。それと同時に気落ちした。やはりロザリアというイレギュラー要素の存在だけでは、続編へ進むことを止めることは出来なかったのだと。元々霞のような期待ではあったが、リュカを危険に晒してしまうかもしれない続編が始まろうとしているのだと思うと、一気に緊張が高まってくる。

急に黙ってしまったロザリアを、リュカが心配そうに覗き込んだ。

「どうされましたか？　お顔の色が優れませんね」

熱を計るように額に触れられ、んぐぅと息を呑む。

「……大丈夫よ」

「本当ですか？　ロザリア様、私に嘘をついてはいけませんよ」

「ついてないったら！」

もう少しよく見ようとしたのか、顎に添えられた手に角度を少し上向きにされた。

(うわぁっ⁉)

至近距離でリュカを下から見上げる状態になり、今度は違う意味の汗が出る。

「リュ、リュカ、大丈夫だってば――……」

「ロザリア様、私の手を握ってください！」

しかし、突然サラの声が割り込んできて、身体をぐいっと引っ張られた。そのまま無理矢理手を握らされる。

「な、何？」

助かったと思いつつも、ぎゅうっと握られた手を見て困惑する。

「私の〝加護〟の力で、ロザリア様の体調をよく出来るかもしれません！」

「何を言ってるんですか？」

リュカの低い声でのツッコミに、ロザリアは思わず噴き出した。

〝加護〟というのは、サラがヒロインとして持っている〝妖精女王の加護〟の力のことだ。

〝乙女〟であるロザリアも女王から授かっているものだが、これには癒しの魔法を発動させる力があるのだ。サラはそれを使ってロザリアを回復させようとしたのだろう。

「ありがとう、サラ。でも、〝加護〟の力は妖精の魔力にしか効果がないのよ」

「えぇっ、そうなんですか？」

「そう。それに私は具合が悪いというわけではないから、気にしなくて大丈夫よ」

「それなら良いのですが……」

しゅんとしたサラに、可愛いことをするなぁと微笑ましくなりつつ、リュカにも「本当に大丈夫だから」と念押しをしておく。

「わかりました。ですが少しでも不調を感じたのなら、必ず仰ってくださいね」

「ええ、もちろんよ」

姿勢を正すと、サラがおずおずと尋ねてきた。

「あのぅ……。それでですね、ロザリア様。先程の話なのですが……」

「あ、そうだったわね。研修旅行の班の話だったかしら」

ずいぶん話が飛んでしまったが、確か最初にサラがそのことを口にしていた気がする。

「はい！　そうなんです。……その、もしご迷惑でないのなら、い、い、一緒の班になっていただけないかと思って！」

きゃあ、言っちゃった！　とサラが両手で頬を押さえる。なんだこの可愛い生き物は。さすが本来のヒロインだ。……ではなくて。

「班って、生徒間で勝手に決めていいものだったかしら？」

視線で問うと、なぜか渋い顔をしながらリュカが頷いた。

「……はい。教師が一人入る構成になりますが、四人以上の班を自分たちで組むように、とのことです」

「そうなの。なら問題ないわね。サラ、私でよければぜひ一緒に組みましょう」

「本当ですか⁉ ありがとうございます‼」

飛びつくような勢いで、サラが再び手を握ってきた。それをリュカが引き剝がす。

「ベネットさん、離れてください」

「あっ、すみませんご無礼を……！ えへへ、よろしくお願いします、ロザリア様！」

「ええ、こちらこそよろしく。当然、リュカも一緒よ」

「もちろんです」

一礼したリュカが硬い顔をしていたが、ロザリアにはそれを気にかける余裕はなかった。

（しっかりしなきゃ。未知の続編が始まろうとも、リュカは私が守ってみせる……！）

第二章　従者と攻略対象＋ヒロインの攻防

二週間後、ロザリアはとある郊外の街にいた。件の研修旅行当日になったからである。

（ああ、ついに始まってしまった）

研修内容に目を通したロザリアは、やはりこれは続編のシナリオに違いないと思った。

（研修の課題は、『各班に割り当てられた区域で王都周辺にはいない妖精たちと交流すること』。……恐らく、その中で何かトラブルが起きるのね。それをパートナーと解決し、妖精女王に婚約を認めてもらう、というシナリオなんでしょう）

班行動をするにあたり、拠点として滞在することになったホテルの一室で、ロザリアは腕を組んで熟考していた。

（トラブルの概要はさっぱりわからないから、常に警戒していくほかないわね。周囲に目を光らせて、何か不穏な動きをするものがないか、耳もよぉく澄まして――……）

「お！　このサンドイッチ美味そうだな。もーらいっ」

「おい、ミゲル。行儀が悪いぞ、立ち食いをするな」

「いーじゃんこれくらい。固いこと言うなよ、オスカー」

「おやおや、ミゲルくん。それは僕がレディたちのために用意した軽食なんですけどね」

「え、そうだったのか？　ごめん先生、もう食べちゃったよ」

「ベネット、君が食べようとしているそれは妖精用の菓子だ。手を出さない方がいい」

「えぇっ、ごめんなさい！　教えてくださってありがとうございます、ルイス様！」

「…………」

（耳を、よく、澄まして…………）

気合いを入れて組んだ腕が、ガクリと崩れる。

（カ、混沌…………ッ！）

目の前に広がる光景に、ロザリアは深い溜め息を吐いた。

（なぜこんな状況に……）

待機場所として案内された部屋には、見知った顔が勢揃いしていた。一緒に班を組むことになったサラをはじめ、オスカー・ディオ・エルフィーノ、ルイス・フェルダント、ミゲル・モーガン、イヴァン・ウォーリアの計五名。全員《おといず》の主要キャラである。

（《おとかね》は前作で結ばれたキャラとの対個人のシナリオになるはずでしょ⁉　なのにどうしてここで全員集合しちゃってるの⁉）

男性陣四名をじとりと睨み、なんやかんや騒いでいるのを離れた場所から眺める。

（しかも、この面子で班を組むことになるとは……）

なぜかそうなってしまったのだ。リュカとサラ、他に一人教師を含めれば良かっただけのはずなのだが、そこに攻略対象たちが全員混ざってきてしまったのである。

（そもそもここにいるはずのない私がいる時点で本来のシナリオからは外れてしまってるんだろうけど、それにしても早くもイレギュラー要素が多すぎるのでは？）

サラと攻略対象一名で進むはずの物語が、すでに七名態勢でスタートしている。この先一体どうなってしまうのだろうか。

「なんだよ、浮かない顔してんなぁロザリア」

ミゲルがいつもの調子で声をかけてきて、隣に腰を下ろした。攻略対象一明るいムードメーカー的存在の彼は、元気で嫌味のない良いやつなのだが、今のロザリアには眉間に寄った皺を消すことが出来なかった。

「……もうちょっと落ち着いてほしいと思っていただけよ」

先程から室内では各人の声が飛び交っている。仲が良いのは微笑ましいことだが、正直ちょっと喧しいのであった。

「いや、無理だろ。この面子じゃ」

あっさりとミゲルに一蹴され、それもそうねと諦めの息を吐く。

「……まったく。どうしてこのメンバーになったのかしら」

「それはねロザリア、みんな君のために集まっているからだよ」

会話に入ってきたのはイヴァンだ。ロザリアの元家庭教師で昔馴染みということもあり、ロザリアを揶揄うことを楽しむ傾向にある男なので出来れば避けていたかったのだが、教師のため班員には不可欠だった人物である。

「私のため？」

「そう。同性の友人がベネットさん一人しかいない君が、寂しくならないようにと」

「声をかけてきて早々、失礼ね⁉」

図星を突かれ、声を荒らげてしまった。確かに、長いこと悪役令嬢として名を馳せてきたロザリアには親しい女性の友人がいないのだが、ストレートすぎやしないか。

「まあそうカッカせずに。同性にはいなくても、異性に学友がいるだけいいじゃないか。一人、君のお兄さんも紛れてるけどね」

イヴァンがルイスに視線を投げた。この研修旅行は三年生と合同のものなので、一つ年上のルイスも参加しているのだ。元は仲が悪い兄妹だったものの今ではそれなりに良好な関係を築いているからか、いつの間にか彼も同じ班のメンバーになっていたのである。

「そうだよ。嫌々集まってるわけじゃないんだから気にするなって。俺はさ、ロザリアって結構面白いやつなんだなーって気に入ってるよ」

「面白い？　私が？」

「ほら、今日も小妖精引っつけてるじゃんか」

　ミゲルの言う通り、髪には花の小妖精がちょこちょことくっついている。この街に入ってから、気付いた時にはこの状態になっていたのだ。

「学園の外でも気に入られやすいんだなぁ、あんた。ここまで妖精に懐かれるやつも珍しいから、なんか面白いなーって」

「はあ……どうも」

　無邪気に笑うミゲルに、肩の力が抜ける。嫌われるよりは好かれている方が良いが、断罪エンドを回避出来たとはいえ、《おといず》攻略対象たちに囲まれているのは安心して良いのかどうかいまいちわからないので、反応には困るところだ。

「だからさ、この旅行も楽しもうぜ。妖精と交流をすることが目的ってのはわかってるけど、生徒間の交流も大事だろ。な、先生？」

「ええ、そうですね。というわけでせっかくの機会だから仲良くしようか、ロザリア」

（なんだその怪しい笑みは⁉）

　急に一歩近づいてきたイヴァンが、含みのある微笑みを見せる。だが、ロザリアが咄嗟に身体を引くと同時に、にゅっと腕が割り込んできた。

「ウォーリア先生、近すぎます」

「リュカ！」

　ロザリアの紅茶の用意をするため、席を外していたリュカが戻ってきたのだ。イヴァンとの間にバリケードを作るように立ち塞がる彼の背が、とても頼もしく見える。

「従者くんは本当に気が短いよねぇ」

「不埒な行いをしようとする者から主人を守るのが、私の使命なので」

「あはは。ナイトは相変わらず手厳しい」

「私はロザリア様の従者であり、〝乙女の騎士〟でもありますから」

強く言い切ったリュカに、「きゃー！　かっこいい！」と叫びたくなるのを我慢する。

「……なんか、いつになく挑戦的な顔してやがるな、リュカ」

「私は〝乙女の騎士〟ですから」

「二回言った！」

ミゲルとイヴァンが呆れ顔になっているのが目に入らなかったロザリアは、リュカのブレない意志を感じる声音にただただ感激していた。

（やっぱり私の推しはかっこいい！　ロザリアを何からも守ろうというこの姿勢……、他のどのキャラよりも〝騎士〟の称号を持つのに相応しいわ！）

公式展開よりも余程こちらの方がしっくり来るな、とにやけてしまう。

（でも私は守られてるだけには甘んじないわよ。私だって、続編のシナリオからリュカを守り抜くんだから……！）

決意を秘めた瞳でリュカを見つめる。

「……駄目だ。ロザリアのやつ、俺たちのこと全く目に入ってないな」

「う〜ん、仕方ないね。まあ時間はたっぷりあるし、ひとまずここまでにしておこうか」

「先生、俺たちの班の馬車の用意が整ったようです」

ホテルの客室係に呼び出され、応対していたルイスがイヴァンに声をかけた。

「おや、そうですか。では出発するとしましょう。我々の研修先へ」

イヴァンの声に、皆がぞろぞろと部屋を出ていく。ここからさらに、各班が割り当てられた村へ向かうのだ。どの村もこの街から一時間足らずで行けるそうで、生徒たちは毎日担当の村へ通い、夜には宿泊地であるこのホテルへ戻ってくる、という流れらしい。

頭の中で行程を整理したロザリアは、緊張感からか足を踏み出すのを躊躇ってしまった。それに気付いたリュカが振り返る。

「ロザリア様？」

「……頑張らないとね」

いよいよ始まるのだ。恐らく、移動先が真のイベント開催地なのだろうから。

「……はい。私も精一杯、己の使命に励ませていただきます」

なぜかロザリアに負けないくらい、リュカが真剣な表情でそう言った。

「お兄様、聞きたいことがあるのだけど」

二組に分かれて乗車した馬車の中で、ロザリアは向かいに座るルイスに呼びかけた。身を乗り出して興味津々といった様子のロザリアに、同乗しているリュカとサラも何事かと視線を向けてくる。

「どうした？」

「お兄様は、去年もこの研修旅行に参加しているのよね？」

ルイスは二年生だった昨年にも参加しているはず。ロザリアはどうしてもその時のことが知りたかった。リュカ救出計画第二弾のための、重要な事前情報として。

「どういう場所でどういうことをしてどんなことが起きるのか、予備知識を持っていたくて。ハプニングとかあったのなら具体的に、それはもう事細かに教えてもらいたいの」

兄の目にはきっと、研修に真摯に取り組もうとする妹として映っていることだろう。勉強嫌いのロザリアが珍しくそんな姿を見せているのだから、生徒会長として日々勉学に真面目に勤しむ彼も快く経験談を話してくれるのではないか、と思ったのだが。

「珍しいことは特になかったな」

（ううっ、収穫ゼロ！）

呆気なくその期待は打ち砕かれてしまった。やはりそう上手くはいくまい。

「普段していることと同じだ。妖精に敬意を表し、友好的に接する。その土地の美味しい食材を教えてもらったりはしたが、ハプニングなんてものはなかったと記憶している」

「そう……」

「そもそも、学園が研修先として定めている地域は二つあるんだが、二年かけてどちらにも行けるように、前年と被らない場所へ行くことになっているんだ。だから俺が去年研修で行ったのはもう一つの地域で、この辺りとは全く違う土地だった。風土も生息している妖精たちも違ったから、特に予備知識になるようなことはないと思うが」

「そうなの？」

それなら何も参考にならない。残念に思っていると、隣に座るリュカが口を開いた。

「これから私たちが向かうラクースという村は、人口三百人ほどの集落です。住民らの特徴は、穏やかで平和主義な傾向。村の奥には森があり、名産品はその森で採れる蜂蜜と、職人による工芸品。緑豊かな土地として妖精の恩恵を受けている場所だそうです。問題のある妖精や、闇の妖精が生息するといった情報は今のところありません」

滔々と語るリュカに、ロザリアを含む三人は目を丸くした。

「……よく知っているわね、リュカ」

「図書室で二年前の研修旅行の記録を集め、事前に目を通していましたので。その時の行き先だった村についての情報は、全て頭の中に叩き込んでおきました。どの村へ行くことになっても問題のないように」

爽やかに返されたが、地味にたいへんな作業であったことはわかる。この研修で生徒たちが訪ねる先は、当日選定されるのだ。そのため、ロザリアたちは本当についさっき、ラクースという村が割り振られたはず。それでもどこに当たろうともある程度の予備知識は持っていられるように、リュカはあらかじめ全ての村について調べていたということか。

「わあ……、すごいですね、リュカさん……！」

サラが「ロザリアの心の声を代弁してくれた。

ロザリア様が踏み入れる可能性が少しでもあるのなら、全ての土地について基本的な情報は押さえておかねばなりません。従者の務めです」

いつもの如くちょっと大袈裟な気もするが、ロザリアは感嘆の息を吐いた。

「まるで歩く攻略本ね」

え？　と三人の声が重なった。慌てて首を横に振る。

「な、なんでもないわっ」

（危ない、またオタクの心の声が零れ出てしまった……！）

「さすがね、リュカ。ありがとう。心強いわ」

気を取り直して微笑むと、リュカが誇らしそうに目を輝かせた。

「貴女のためなら、なんてことはありません。これしきのこと」

リュカへの尊さで胸がいっぱいになっていると、ルイスが口を挟んできた。

「……リュカが予習をしていたことは悪くはないが、あまり先に村のことを知っていてはいけないんじゃないか？　各村のことは自分たちの足で情報を得ていく、というのが俺たちへの課題ではないかと思うんだが」

「もう、お兄様ったら！　リュカの努力に水を差すようなこと言わないで！」

　ロザリアがキッと睨むと、その剣幕に驚いたのか、ルイスが「悪かった」と謝った。

（今のは大事な情報だったわ。――闇の妖精はいない。いくら私には〝妖精女王の加護〟があるとはいえ、闇の妖精相手にどこまで通用するかわからないもの）

　だから闇の妖精に関するリュカの情報はありがたかった。かといって、もちろん安心出来るわけではない。何しろこれは乙女ゲーム。物語を盛り上げるためなら、多少常軌を逸したイベントが起こることも十分にありえるのだ。いないはずの闇の妖精が突如現れるかもしれないし、光の妖精が何か問題を起こす可能性も否定は出来ない。ロザリアとリュカがこの続編に存在していることも、ゲームにどう影響してくるのかわからない。

（油断は禁物よ。本来なら登場しない私たちだもの、ちょっとのミスで取り返しのつかないような事態に陥るかもしれないんだから）

　さらに警戒心を高めるロザリアを、他の三名は不思議そうな顔で見ていた。

「着いたわね」

「のどかな場所ですねぇ」

村に着いて馬車を降りると、サラがうーんと伸びをした。〝ラクース〟と書かれた木の看板の先に、田園風景やぽつぽつと建つ家屋が見える。自然が溢れていて、妖精たちが好みそうな土地である。

「なんだか、私の故郷にどことなく似ています」

懐かしそうに目を細めたサラの隣に立ち、前作の序盤のシーンを思い返す。

（確かに、ヒロインの実家から始まるプロローグではこんな感じの背景が映っていたわ）

記憶の中のゲーム画面の背景と、目の前の景色が重なる。なるほど。ヒロインの故郷に似た場所で展開される続編シナリオというのは、乙女ゲームっぽさがある。

「サラ。ここでは気を張らず、のびのびと過ごすといいわ」

つい、そんなことを言ってしまった。元プレイヤーの自分は、サラが貴族だらけの学園で慣れない生活を送り、疲弊している様子を何度も目にしてきたからだ。こうして実際にサラと接し、彼女が素直で純粋な良い子なのだと改めて知ったので、少しでも心地よく生活してもらいたい。そんな思いからだった。

「ロ、ロザリア様ぁ……」

しかし、なぜかサラは大きな瞳いっぱいに涙を溢れさせてしまった。ギョッとするロザリアに、サラがガバッと抱き着いてくる。

「お、お優しい～！　ありがとうございます、ロザリア様！」

わんわんと泣き出してしまったサラに、傷つけたわけではないのだと安堵する。やはり毎日気を張っていたのだろう、と背中を撫でると、リュカがコホンと咳払いをした。

「あちらの皆様も到着されたようです」

振り返ると、もう一台の馬車に乗っていた残りのメンバーがちょうど馬車を降りてくるところだった。すると、最初にこちらに気付いたイヴァンが不敵に笑い出した。

「おや、いけない生徒がいますね。唯一の同性の友人を泣かせているだなんて」

「そこ強調するのやめてくださる？」

愉しそうに言うイヴァンに、ロザリアの頰がひくりと動く。だが彼には笑って流された。こいつ、本当にロザリアを揶揄うのが趣味になってきていないだろうか。

そこで、ロザリアの胸に引っついているサラがバッと顔を上げた。

「先生、違うんです。私はロザリア様の慈悲深さと大きな優しさに深く感動して……、それで泣いてしまっただけなんです！」

「あなたもちょっと大袈裟よね」

大袈裟なことを言う筆頭のリュカをちらっと見ると、不服そうな顔をされた。うん。そういう顔も可愛いな。

「おい、何をしてるんだ。早く行くぞ」

オスカーの声に、ようやく離れたサラを促して村の中へと足を踏み入れる。

その時、瞬間的に妖精の気配を感じ取った。

(……ん？)

気配のした方に目を向けると、木々の陰に隠れてこちらを見ている妖精と目が合った。

(誰かしら。木に隠れてよく見えないけれど、あまり見たことのない妖精っぽい……？)

目を細めてよく見ようとしたが、瞬きの合間にその妖精は消えてしまった。

(残念。早速この土地の妖精と知り合えるかと思ったんだけれど)

悪意は感じなかったので、善良な妖精だろう。妖精はプライバシーを侵害されることを嫌うから、外部の人間がぞろぞろやってきたことが気になって見にきたのかもしれない。

(まぁ仕方ないわね。研修はこれからだし！　気合い入れていきましょ！)

ラクースは、程よく質素で温かい雰囲気の村だった。村の中でも栄えている方だと教えられた露店が並ぶ通りを、ロザリアはほくほくとした気持ちで歩いていく。瑞々しい果物を扱っている露店の前で立ち止まり品物を眺めていると、露店の主人が声をかけてきた。

「王立学園の生徒さんたちですか。これはまたえらい美男美女が揃ってますなぁ」

露店主の感心したような言葉に、ロザリアは苦笑した。それはそうだろう。今ここには、キャラデザの評価がピカイチだった《おといず》の主要キャラが揃っているのだから。

「王都で暮らしてるお嬢さん方に、この村の空気はちと田舎くさいかもしれないが……まぁのんびり羽を伸ばす気持ちで回っていってくださいな」

「田舎くさくなんかありませんわ。自然に溢れていて、新鮮な緑の空気が清々しくてホッとします。この辺りのお店で扱っている食材もどれも美味しそうで、見ていてワクワクしますもの」

にこりと微笑んで答えると、露店主もニカッと笑ってくれた。

「ほう、貴族のお方ってのは、この村に入ってすぐはなんとも言えない顔をするもんだが、あんたも――他の連中も違うようだ」

他の連中、と露店主が視線で示した方を見ると、班のメンバーがそれぞれの反応を見せている姿が視界に入った。故郷に似た雰囲気にニコニコ楽しそうにしているサラ、王太子としての意識が働いているのか、興味深そうに村人の動きを観察しているオスカー。それから女性に囲まれそうになって早足で逃げているルイスに、反対に女性に囲まれにこやかに笑っているイヴァン、早速村人と親しげに話し込んでいるミゲル。もちろんリュカはロザリアの背後にぴったりとくっついて、ロザリアのことを見ていた。

（元のロザリアを除くと、平民を無下にするような人たちじゃないものね。そういう面でのキャラ設定はすごく好感が持てる作品なのよ、《おといず》は）

正規のシナリオから外れてしまっているせいか、ちょっと各々の個性が爆発している感が否めないが。

「そうですね。みんないい人たちですよ。ちょっと変わってもいますけど」

ロザリアが本音を漏らすと、露店主が笑った。

「研修はこれから一週間だったか。ここの住民はみんな気の良いやつばかりだし、妖精と目立ったトラブルも起きない平和な村だから、あんたたちも安心して過ごすといいよ」

「ありがとうございます」

ロザリアがお礼を言うと、露店の奥で品物の整理をしていた若い女性が、ひょいっと顔を出してきた。

「もう、お父さんたら。王都からいらしたご令嬢に馴れ馴れしすぎるわよ」

自分と同い年くらいに見える女性は、ロザリアと目が合うとニッコリと笑った。

「父が失礼しました。粗い言葉遣いで、お気を悪くさせていたらすみません」

「そんなこと。とても親切に話してくださいましたもの」

ロザリアが返すと、露店主が不満そうに口を開いた。

「おい、ニーナ。お前こそ父ちゃんに対してずいぶんな言い方じゃあないか？」

「そんなことないわよ」

「いいや、そんなことあるぞ。お前なぁ、しっかりしてるのはいいことだが、あんまり気が強いとグレンに愛想を尽かされるぞ？」

ニーナがムッと眉を寄せた。

「……そんなこと、ないわよ」

「そんなことあるだろうに。婚約の話が進まないのもそのせいだったらどうするんだ？」

「お、お父さんには関係ないでしょ！」

「まあ、婚約をされる予定の恋人がいらっしゃるんですね」

言い合いが過熱しそうになってきたので、ロザリアが口を挟んだ。我に返ったらしいニーナが「すみません」と頭を下げる。

「そうなんですよ、お嬢さん。こいつね、長いこと付き合ってる恋人がいるんですが、なかなか結婚にまで至らなくて」

「も～っ、お父さん！　王都のご令嬢にそんなくだらない話をしないの！」

「くだらなくなんかないですよ。ご本人にとっては深刻な問題でしょうから」

理由があるとはいえ、好きな人に想い一つ告げられない自分からしたら、婚約なんてもっと先、夢のまた夢みたいな話だ。恋愛をそうやって進められている人を純粋にすごいと思うので、ロザリアはそう答えた。ニーナがおろおろしながらも俯く。

「そう……、そうなんです。なんだかいろいろ、考えてしまって」

「それだけ真剣に考えているということですよね。わかります」

私もリュカのことに関しては真剣なので！　と思って苦笑すると、ニーナが少しホッとしたような顔を見せた。その時、彼女の胸元でキラリと光るブローチが目に入った。

「素敵ですね、そのブローチ」

琥珀色の石が嵌め込まれたそれを示すと、ニーナが相好を崩した。

「ありがとうございます。彼からもらったんです」

なるほど、と納得する。よく見るとニーナの瞳も琥珀色だ。きっと、恋人はそれを意識して彼女にこのブローチを贈ったのだろう。なんと微笑ましいことか。

「花の装飾も繊細で美しいわ。この花は……スターチス？」

「はい。この村では昔から、スターチスは恋人との絆を示す花として伝わってるんです」

素敵だなぁとニーナを眺めていると、それまで黙っていたリュカが一歩前に出てきた。

「良い職人によって作られているようですね。よろしければ、どこで取り扱っているのか教えていただけますか？」

「リュカ？」

「ロザリア様にもお似合いになるのではないかと思いまして」

優しく微笑まれ、ドキッとする。ロザリアを飾り立てることに余念がない従者は、新しい装飾品コレクションを増やす気満々のようだ。

「リュカったら、今はいいわよ。研修中なのだし……」

「ですが、私が貴女に贈りたいのです。この瞳の色に合わせた深紅色の石でブローチを仕立てたら、たいへんお似合いになるでしょうね」

（ひゃーっ、そんな間近で見つめてこないで！）

目の近くの髪をさらりと掬われ、じっと瞳を覗き込まれる。ロザリアが目を合わせていられなくなって顔を逸らすと、ニーナが興味津々といった様子でこちらを見ていた。

「あの……、もしかして、お二人もそういうご関係……」

「あっ！　そ、そうだわ、聞きたいことがあったんでした‼」

遮るように大声で叫ぶ。ちょっと勢いが強すぎたのか、親子がビクッと身を引いた。

「えっと、そう、先程村長さんのお宅を訪ねたのですが、不在だったんです。妖精に会いに行って留守にしている、とご家族の方から伺ったのですが」

動揺を悟られないよう、笑顔を作って尋ねる。嘘ではないのだ。まずは村長に挨拶を、と訪ねたのだが、会えなかったために今こうして村の中を歩き回っていたのだから。リュカが残念そうに後ろに下がり、「ごめん」と心の中で呟いて話を続ける。

「村長さんは妖精が見えるのですか？」

妖精を見ることが出来る者は限定されていて、ロザリアや《おといず》攻略対象のように妖精の血を引いている者、もしくは昔から妖精と縁深い者とされており、主に貴族の人間となっている。妖精がたくさん棲んでいる土地だからといって、そこの住民も必ず彼らを見ることが出来るとは限らないのだが、この村の長は違うのだろうか。

ロザリアの問いに、露店主が顎に手を当てて「ああ」と答える。

「村長のディフダさんは、先祖が妖精の縁者だったとかで、村で唯一妖精が見える人なんだ。だからしょっちゅう森に行って妖精たちと過ごしてるんだよ。彼らに呼ばれたらすぐに飛んでいってしまうし、今日もそんなところだろう。夕刻には帰ってくると思うがね」

「呼ばれた？　何かあったのかしら」

「大方、綺麗な花が咲いたから見においでとか言われたんだろう。よくあることさ」

「まあ、素敵。些細なことでも共有して、楽しめる関係を築けているなんて」

妖精は基本的に人と群れたがらない。見えたからといって、あちらから寄ってきてくれることは稀なのだ。そんなわけで、ロザリアの髪の毛に今もたくさん小妖精がくっついている状態も、極めてレアな光景なのである。

「どうされますか、ロザリア様」

いつもの従者の顔に戻ったリュカがロザリアに問うてきた。

「夕刻に戻ってくるとなると、すれ違いになってしまうかもしれないわね。私たちもホテルに戻らないといけないし。ひとまず今は、近くの妖精たちに話しかけてみましょうか」

「かしこまりました」

露店主の親子に挨拶をして、二人はその場を後にした。

この研修旅行の課題である〝往訪先の土地の妖精たちと交流する〟こと自体は、実はロザリアにとって難しいものではない。妖精の血を引いているがゆえに彼らから興味を持たれやすいこと、さらにロザリアの方から妖精に対して友好的なので、良好な関係を築くことは然程難しくないのだ。ただ、普通の生徒であればそれなりに難易度の高いものであるから、わざわざ研修の課題とされているのである。

（うちの班は妖精と縁深い面々が揃っているから、研修自体は滞りなく済ませそうね）

余程彼らを怒らせるようなことをしなければ、楽に目的は果たせるだろう。引率教師であるイヴァンが合格点をくれれば、それで研修はクリアしたことになる。

（だから私は、《おとかね》シナリオの進行に気を配っていればいいわ。そこに全面的に集中しつつ、いつも通り妖精たちと接して研修期間も過ごしていけばいいのよね）

ふと視界に入ったものにつられて、通りの隅の方に歩いていく。道端の花の周りでは、妖精ピクシーが戯れていた。

「こんにちは、良き隣人さん。綺麗なお花ね」

目線を彼らの高さに合わせて話しかけると、ピクシーたちはぱっと顔を上げてロザリアを見た。それからすんすんと匂いを嗅ぎ、にぱっと笑う。

「こんにちは、人間！　あんた、僕たちの仲間の匂いがするなぁ」

どうやらもうロザリアの妖精族の血——リャナン・シーの血を嗅ぎ取ったらしい。警戒心を解いてくれたのか、ふよふよと飛んで近寄ってくる。

「ええ、少しだけ妖精の血が流れているの。だから仲良くなれたら嬉しいわ」

「仲良く？　うーん、どうしようかなぁ」

けらけら笑うピクシーたちに必殺アイテムを取り出す。リュカお手製のビスケットだ。

「うわぁ！　いい匂いがするー！」

「うまそぉー！」

「良かったら、お近づきの印に受け取ってちょうだい。この通り、とっても美味しいから」

初対面なので一応、自分で先に齧ってみせる。それでピクシーたちは安全な食べ物だと信じたらしく、歓声を上げながら食いついてきてくれた。

「私たち、一週間ほどこの村に出入りすることになるの。何か気になることや村の人にお願いしたいことがあるようなら、協力するからいつでも話しかけてきてくださいな」

妖精が見える村長がいるなら自分が仲介する必要はないかもしれないが、念のため伝えておく。ピクシーたちはニッと笑い、くるっと一回りして消えてしまった。

「早速、交流が出来たようですね。さすがはロザリア様です」

　リュカがあまりにもキラキラとした尊敬の眼差しを向けてくるものだから、ちょっぴり恥ずかしくなってしまう。

「あなたが作ってくれたお菓子のおかげよ。私だけでは話は弾まなかったわ」

「いいえ、私の菓子など瑣末なものです。妖精に寄り添った目線で語りかけることが出来るロザリア様だからこそ、彼らも笑顔を見せてくれたのでしょう」

　心なしか先程よりリュカが近いような気がした。いや、気のせいじゃない。顔を覗き込んでくるこの体勢は絶対に近すぎる。

　ロザリアは心臓がドキドキし始めているのを感じながらも、何事もないふうを装ってさりげなく距離を取る。

「もう、本当に大袈裟なんだから、あなたは」

「貴女はご自身の魅力をわかってらっしゃらない。妖精も人も、こんなにも魅了してしまうというのに」

「リュ、リュカ」

「もちろん、誰よりも貴女に惹かれてやまないのはこの私ですが」

（――……っ！）

「ロザリア」

リュカが空いた距離をもう一歩詰めようと踏み出した時、オスカーがやってきた。

「な、何かしら、オスカー」

危うく腰が砕けるところだった！　というギリギリのタイミングで現れたオスカーに、助け舟に縋るかのように振り向く。リュカの眉間にほんの少し皺が寄るのが見えた。

「お前、甘いものが好きだったろう。蜂蜜は好きか？」

「蜂蜜？　ええ、好きよ」

「……そうか。さっき住民から聞いたんだが、この村は蜂蜜が名産品なんだそうだ」

「知ってるわ」

さらりと答えると、オスカーは「えっ」と残念そうな声を出した。

「……お前、情報を得るのが早いな」

「私じゃなくて、リュカが先に調べておいてくれたのよ」

ニッコリと笑ってリュカを示すと、どうしてだかオスカーは苦々しげな表情になった。

「……まぁいい」

ボソッと呟いた後、オスカーはスッと可愛らしい小瓶を差し出してきた。

「これは？」

小瓶の中には、赤黄色に煌めくとろりとした物体が詰め込まれている。蜂蜜だろう。

（……えっと、つまり）

無言のままのオスカーと小瓶を、交互に見遣る。

「……くれるの？」

「見てわからないか」

（出ましたよツンデレ!!）

《おといず》屈指のツンデレキャラとして愛されていたオスカーは、ロザリアとは犬猿の仲だったはずなのに、近頃どうにもロザリアに友好的な態度を取ってくるのだ。このように、ヒロインにしか発揮しないはずのツンデレ攻撃を仕掛けてくるくらいには。

「ど、どうも……」

彼の行動には戸惑うところが多々あるが、断る理由もないので受け取ろうと手を出す。

――が、それより早く伸びてきたリュカの手が、小瓶を素早く攫っていった。

「……おい」

「私がお預かりします」

にこりとリュカが微笑む。不満そうな顔のオスカーを前にしながらも、全く動じない様子の眩しい笑顔である。

「ロザリア様は由緒正しきフェルダント公爵家のご令嬢です。王太子殿下といえど、贈り物をする際は直接の手渡しではなく、まず私を通していただきますよう」

「贈り物というほど大層なものじゃないんだが」

「何かを渡すという時点で、全て同義とみなします」

なんだろう。バチバチと火花が散っているように見えるのは錯覚だろうか。漫画の読みすぎで、そういう背景効果が勝手に見えてしまっているのだろうか。

(……仲、悪いよね？　やっぱり)

リュカはロザリア命なだけあって、日頃からロザリアの周りの男性たちに過敏に目を光らせている傾向がある。それはロザリアを想ってくれているからこそなのだとわかっているのだが、とりわけオスカーに対しての当たりが強いなと感じるのだった。

(元婚約者だからかしら……)

だが今はただの学友の一人にすぎないし、オスカーの方も、昔から付き合いのある友人の一人として接してきているのだろう。そう信じて疑っていないロザリアは、気にすることなんか何一つないのになぁ、と思いながら二人を眺めていた。

その時だった。

――パチン。何かが小さく弾けるような音がした。

「今の音は？」

ロザリアの呟きに、リュカとオスカーがキョトンと目を丸くする。

「ロザリア様？」

「今、何か聞こえたでしょう？」

「あれじゃないか?」

オスカーが指を差した方向には、硬い木の実を割っている行商人がいた。その手元からは、パチンパチンと音が響いてくる。

「そう……だったのかしら」

すると、近くでロザリアと同じように彼をじっと見ているサラの姿が目に入った。

「サラ」

「あ、ロザリア様! ……なんだか、あの音が気になっちゃって」

えへへ、と笑うサラも、先程の音に意識を引っ張られたのだろう。しかし、行商人にも周囲の人々にも特段変わった様子はないので、気にしすぎだったのかなと息を吐く。

(物音一つにビクビクしていたら、心臓が持たないわよね……)

そう思い直し、ロザリアはオスカーからリュカを引き離して、二人で村の探索を再開することにした。そうして、あの音の違和感についてはすぐに忘れ去ってしまったのだった。


「さぁ皆さん、そろそろホテルに戻る時間ですよ」

村人との会話や妖精の観察と各々過ごしていた面々が、イヴァンの呼びかけに集まる。

「一日過ごしてみてどうでしたか? 今日は初日なのでこの村の雰囲気について摑めていれば十分なのですが、明日からは積極的に妖精たちと交流もしていきましょうね。レポートも毎日書いてもらいますよ」

　そこでイヴァンが、意味ありげなニッコリ笑顔でロザリアの方を見た。

「特にフェルダントさんはたいへん熱心に村人や妖精たちに聞き込みをしていたようですから、とても充実した内容のレポートが完成するんじゃないかと期待していますよ」

（ウッ）

　バレていた、と頬が引き攣る。あれからロザリアは、出会う村人全員に声をかけて会話を試みていたのだ。それもこれも、生粋のオタク根性が発揮されてしまったからである。

（だって、新しい街に行ったら住人には一人も残さず話しかけるのが定石でしょう⁉）

乙女ゲームだけでなくロールプレイングゲームも嗜んできた人間なので、どうしてもその時の感覚が抜けきらず、片っ端から村人たちに話しかけてしまったのだ。

（めちゃくちゃエンジョイしてしまったところを見られていたとは……）

　さすが教師。女性に囲まれ遊んでいるだけに思えたが、ちゃんと生徒たちの動向は把握していたようだ。そして勉強全般が不得意なロザリアを揶揄うところまで抜かりない。

（ふふ、笑っていられるのは今のうちよ、イヴァン。ゲームレポを書かせたら右に出る者はいないとまで言われた私の実力、見せてやるんだから……！）

　ロザリアが明後日の方向に闘志を燃やし、馬車に乗った直後に異変は起きた。

　ガタン、と大きく揺れて、馬車が止まったのだ。

「どうしたんでしょう」

リュカが御者台を覗き込む。一言二言交わした後、御者が降りてきて扉を開けた。

「申し訳ありません。何やら不可思議なことが起きていまして……馬車が進まないのです」

「馬車が進まない？」

「はい。村から出る境界より先に、進めないのです」

皆で顔を見合わせる。いまいち状況が理解出来なかったので、ロザリアたちも外に出て、馬車が立ち往生している隣に並び立った。御者の言う通り、村の境界の手前ぴったりの位置で馬車は停まっている。

「ここから先に行けないの？」

「はい。何度試しても、これより先に行けないのです」

見た目にはおかしな様子はない。何気なく手を前に伸ばすと、「ロザリア様」とリュカに手を引かれた。その弾みでバランスを崩し、足元の小石を蹴ってしまう。

その小石が前方に飛んでいったかと思うと、パチン！という音と共に跳ね返ってきた。

「きゃっ」

「危ない！」

咄嗟に腕の中に庇われ、飛んできた小石がぶつかることは免れた。だが代わりにリュカに当たってしまったので、ロザリアはギャーッとレディらしからぬ悲鳴を上げた。

「リュ、リュカ――っ!!　いいい、石がぁぁぁ!!」

「落ち着けロザリア、ただの小石だ」

ルイスの冷静なツッコミは耳に入らず、小石を受けた場所を必死に撫でさする。

「ごめんなさいリュカ……私のために！」

「ロザリア様、あんな程度では全く痛くありませんから大丈夫ですよ。それよりもそんなに強く擦ったら、貴女の肌が赤くなってしまいます」

優しく手を握られて、今度は違う意味で動悸が激しくなる。

「わ、わかったわ。もうやめるから」

「……そろそろこっちの話を進めていいか？」

見つめ合い始めてしまった主従の意識を呼び戻すように、ルイスが呟いた。

（そ、そうだった。今はこの謎の現象について考えないと）

ものすごく嫌な予感が湧いてくるのを感じながら、改めて石が跳ね返った場所に目を向けると、足元から突然声が聞こえてきた。

「ああ、こりゃあ妖精の魔法がかけられてるな。外に出られないようになってるぞ」

「えっ？　……ゴブオ!?」

緑がかった肌に毛むくじゃらの姿。ゴブリンのゴブオがなぜかそこにいた。

「どうしてあなたがここに⁉」

　驚いて声を上げると、ゴブオはニッと笑った。

「面白そうだからついてきたんだ。オイラずっと、馬車の荷台に隠れてたんだぜ」

「そうなの⁉　私としたことが、全然気付かなかったわ……」

「お前、なんかずっと必死に考えてただろ。あーこれは気付かねぇなって思ったよ」

（うっ、それは否定出来ない）

　続編シナリオとその対策のことで頭がいっぱいだったからだ。一つ反省をしたところで、先程のゴブオの発言が気になってくる。

「ねぇゴブオ。あなた今、外へ出られなくする妖精の魔法がかけられてるって言ったわよね。あなたに解除出来るものかしら」

「無理だよ。魔法はかけたヤツにしか解除出来ねぇからな」

　そうよね、と嘆息する。魔法の痕跡を確認しようと前に踏み出すが、ゴブオがそれを引き止めた。

「下手に触んねぇ方がいいぞ。この魔法、うっすらとだが強力な気配を感じるからな」

　忠告におとなしく一歩下がり、彼の言葉を反芻する。

「うっすらだけど強力……」

　一見何も見えないのはそのせいなのかと納得する。けれど目を凝らして前方をよく見ると、確かに違和感を覚えた。見えない壁（かべ）があるように感じる。

「小石が跳ねた時のパチンという音……、どこかで聞いた気がしたわ」

「私もです！　さっき通りを歩いてる時に聞いた音に似てました！」

サラがハイっと手を挙げて答えたが、リュカとルイスは首を傾（かし）げた。

（リュカたちには聞こえなかった？　……そういえばさっきも、サラだけが〝音〟を気にしていたんじゃなかったっけ？）

もしや、とロザリアはリュカの腕を引いた。

「ねぇリュカ。ここを見て、壁のようなものがあるのがわかる？」

「……いえ、何も見えません。ルイス様はいかがですか？」

「俺も何も見えないな。魔法の気配も感じない」

「私は何かモヤモヤとしたものが見える気がしますけど……」

（……なるほど。そういうことね）

それぞれの反応に、ロザリアの中で答えが出た。嫌な方向に予感は当たったようだ。

「……人間に気付かれないよう、あえてわかりにくい魔法を使った妖精がいるんだわ」

「気付かれないように？」

「そう。私たちをこの村に閉じ込めるために」

三人が息を呑（の）む。

「恐らく、この魔法がかけられたのはかなり前の時間、昼間に私とサラが音を聞いた時なんだと思うわ。妖精の魔法は、発動してから時間が経てば経つほど効力が増していくでしょう。私たちを完全に村に閉じ込める前に異変を察知して逃げられないよう、わざと魔法の結界を薄く張ったんじゃないかしら。気付いた時には手遅れになることを見越して」

妖精の魔法に関するこのミニ知識は、《おといず》公式設定資料集のオマケページで得たものだ。隅々まで何度も読み込んでいてよかった、と前世の自分を称えたい。

「この魔法を使った妖精は、誰も気付かないと思ったんでしょうね。……でも、私とサラは気付いたわ。あの音を聞いていたもの」

「どうして私たちには聞こえたんでしょうか？」

「〝妖精女王の加護〟じゃないかしら。この力は妖精の魔力への反応や耐性を強めるらしいから、それで音を拾えたのかもしれないわ。……結局、何も対処出来なかったけれど」

あの時もっと注意をしていれば。今となっては悔やまれる。

拳を握りしめていると、サラが「あのぅ」と頼りなげに再度手を挙げた。

「その妖精さんは、どうして私たちをこの村に閉じ込めたかったのでしょう？」

「……さあ、どうしてでしょうね」

ロザリアはとっくにその理由に思い当たっていたが、口には出せなかった。

（つまりはこれ、続編シナリオの中核部分が動き出したってことだろうから……！）

登場人物が村に閉じ込められ、そこから物語が展開していくのではないだろうか。内容は知らないとはいえ、これはもう完全にシナリオに沿って進んでいるとしか思えなかった。

（音を聞いた時に気付いていれば回避出来ていた？　……いや、結局はシナリオの強制力には逆らえなかった可能性があるわ。閉じ込められてしまった以上、この後の対処について考えていくしかないわよね）

もう一台の馬車から降りてきた残りのメンバーを見据えて、ロザリアは覚悟を決めた。


「申し訳ありません……！　儂が不在の間にまさかこのようなことが……！」

村長のディフダが、ロザリアたちに向かって頭を下げた。あの後すぐに慌てた様子で現れたディフダに案内され、ロザリアたちはこの村長宅へとやってきたところなのだった。

「ディフダさん、顔を上げてくださいな。あなたのせいではありませんもの」

ロザリアが優しく声をかけると、今年で齢七十になるという老齢の村長は涙ぐみながら顔を上げた。

「ですがこの村を治める者として、王都の学生さんたちにこのような迷惑をかけることになってしまったことが申し訳なく……。どうして異変に気付けなかったのか」

「仕方ありませんわ。妖精が本気で私たちに隠れて何かしようとしたら、気付けないのが普通です。私たちには根本的に魔力というものがありませんから」

いくら妖精を見ることが出来ても、対処可能なことは限られてくる。〝加護〟の力を持つロザリアですらわからなかったのだから、彼が謝ることではないのだ。

「ディフダさん、こういったことは過去にも起こったことがあるのでしょうか」

ディフダは力なく首を横に振った。

「ありません。幼い頃からこの村の妖精たちとは付き合ってきましたが、悪さするような連中ではなかったので、どうして急にこんな……。このままでは村の外との交流も出来なくなり、行商人も出入り出来なくなってしまいます。早急に解決しないといけません」

青褪めた顔のディフダを見て、彼も巻き込まれただけなのだと思うと胸が痛くなる。これは続編のシナリオに合わせて起きた、イレギュラーな事件なのだ。ただのいちプレイヤーだった頃には気付かなかったことだが、こうして実際にその世界に身を置いてみてわかったことがある。彼らにもちゃんと生活があり、そこで生きているのだと。それなのにゲームシナリオの影響で彼らの生活に支障を来すなんて、あんまりではないか。

(私がやることはどの道決まっているわ。……私が、やらなければ)

「……ねぇ、みんな。提案があるのだけど」

一つ決心し、妙に静まり返っている班のメンバーを振り返る。すると、皆の視線がロザリアに集中しており、あまりにもじっと見られていたためにロザリアはたじろいだ。

「な、何よ」

「いや〜、ずいぶんとテキパキ話を進めていくなぁと感心してしまってね」

イヴァンがわざとらしく拍手をする。オスカーとルイスとミゲルも、新種の生物を見るような目でこちらを見ていた。

「お前……どうしたんだ。そんなにリーダーシップを発揮するようなやつだったか？」

「何か悪いものでも食べたんじゃないか」

「この中で一番、面倒なことに巻き込むなーって嫌がりそうなのになぁ」

攻略対象たちの散々な物言いに、ピクリと眉が上がる。そりゃ、本来のロザリアがこんな姿を見せることは過去になかっただろうけれど。

違う反応を見せたのは、ロザリア過激派のリュカとサラだけだった。

「さすがはロザリア様です。慈悲深き女神のような振る舞い、頭の回転の速さ。フェルダント家のご令嬢としてたいへんご立派なお姿です」

「かっこいいです、ロザリア様！　エルフィーノ王国一聡明なご令嬢に違いありません！」

「ありがとう、二人とも。ちょっと恥ずかしいからその辺りにしておいてくれるかしら」

羞恥に頬が熱くなるのを感じながら、改めて皆に向かって告げる。

「他の皆の失礼な発言集は一旦聞き流してあげるわ。今はそれどころじゃないもの。簡潔に言うけれど、結界魔法を張った妖精を見つけて解除してもらうよう、私が交渉します」

一同が表情を硬くした。躊躇いの空気が流れているのを肌で感じる。

「……それはなりません、ロザリア様」

真っ先に反対したリュカに、イヴァンが賛同するように頷いた。

「そうだね。外部から助けが来るのを待つ方が賢明だと僕は思うな。今夜僕らがホテルに戻らないことで、他の教師たちは何かがあったことに気付くだろう。そうしたらなんらかの対応はしてくれるだろうから」

「皆さん、これは村長である儂が解決せねばならんことですから。皆さんにはご迷惑をおかけしますが、少々お時間をいただけないでしょうか」

ディフダが慌てて会話に入ってきて、頭を下げた。しかしロザリアは譲らなかった。

「いいえ、これは私が対処すべき問題よ。〝妖精の乙女〟の責務は人と妖精との架け橋となり、両者間で起きたトラブルを解決することだもの」

ディフダが顔を上げ、驚愕の表情をロザリアに向けた。

「〝乙女〟……？　お名前を聞いた時にもしやと思ったのですが、まさか本当に……」

「ええ、そうです。だから誰がなんと言おうと、この問題は私が解決します」

キッパリと言い切ったロザリアに、部屋の中がしんと静まった。

（これはどうしても譲れないわ。〝乙女〟の責務としてもだけど、リュカに危害が及ぶ前にさっさと解決しなきゃならないんだもの……！）

悠長に助けを待っている場合ではないのだ。推しの安全が懸かっているのだから。

「……わかりました。私は貴女に従います」

意外にも、すぐにリュカは折れてくれた。

「こうと決めたら貴女が意見を曲げてくれないことは、十分承知していますから」

諦観した様子のリュカに、うぅ、と申し訳なくなる。

「……ごめんなさい、心配をかけて。でもね、あなたは気にしなくていいのよ。これは私が対処しなくてはならないことなのだから」

「そういうわけには参りません。私は貴女の従者で、〝乙女の騎士〟ですから」

断っても聞いてはくれないだろうと思い駄目元で言ってみたが、やはり拒否された。

「貴女のことは私が必ずお守りします」

「リュカ……」

（どうやってもリュカを私から離すことが出来ないのはわかっていたもの。ならば近くで常に危険からガードするしかない……！　そして早急な解決を！）

静かにやる気に燃えていると、サラが元気よく声を上げた。

「はい！　私もロザリア様と一緒にその妖精さんを捜します！」

その勢いに後押しされたのか、他の面々もようやく意見を口にし始めた。

「俺も外部の助けに期待した方が良いと思うが、お前一人にやらせるわけにはいかないから……一緒に捜そう」

「俺も賛同する。ロザリア一人では何かしでかさないか心配だからな」

「頑固な妹を持つとたいへんだなぁ、生徒会長さんも。当然、俺も捜すけどさ」

「……仕方ありませんね。ですが皆さん約束してください。絶対に無茶はしない、と」

「ああ……申し訳ありません、皆さんにご迷惑をおかけして。僕に出来ることがありましたら、なんでもさせていただきますので……！」

ロザリアは平身低頭するディフダを皆と一緒に宥めながら、出来るだけ安全かつ穏便に続編シナリオを終わらせられますように、と心の中で願った。

だが、早速問題が浮上したのだった。

「たいへん申し上げにくいのですが、この村には貴族の方々をもてなせるような宿がなく……。一番広い客間をお貸しできるのが、我が家になってしまうのです」

ディフダにそう言われ、ロザリアたちは村長宅で世話になることになった。問題は部屋割りだった。四部屋しかないので、どう分けるかという議論が開始されたのである。

「私とロザリア様が同室です」

リュカがなんの迷いもなく発した言葉は、皆に衝撃を与えた。もちろんロザリアにも。

（リュ、リュカと同室——っ⁉　それは駄目よ、緊張しすぎて明日の朝には私の心臓は止まってるかもしれない!!)

普段世話をしてもらっていても、就寝場所は別々なのだ。密室で二人きりで休むというのは過去に経験がない。しかし、リュカは大真面目に続けた。

「私にはロザリア様を常にお守りするという使命がありますので、当然です」

「いやいや、それはさすがに駄目じゃねーか!? 年頃の男女が同室で寝るってのはさ!」

ミゲルの明け透けな意見に、ロザリアの顔が赤くなる。

「おい、ロザリアも顔を赤くするな!」

「だ、だって……」

「俺もミゲルと同意見だ。二人きりにするわけにはいかない」

会話に割り込んだオスカーに、リュカが鋭い視線を向ける。

「そういうオスカー様こそ、先程ロザリア様に『角部屋は景色もよく見えて良いと思わないか』と仰っていましたね。もしやご一緒にそのお部屋に、と思われていたのでしょうか」

「お、お前聞いていたのか！　いつもそうやって……悪趣味なやつだな！」

「ロザリア様のお傍に常にいるのですから、聞こえて当然です。いつも聞き耳を立てているかのような言い方はやめていただけますか」

「絶対いつも聞き耳立てているだろ……」

「ちょっといいか。そんなに揉めるなら、俺がロザリアと同室になればいいのではないか？」

兄妹なんだから、と口を挟んできたルイスに、言い争っていた三人の動きが止まる。

「お兄様と？　あら、それは新鮮ね」

あえてロザリアも乗っかってみる。リュカとの同室イベントは涎が出そうなほど手を伸ばしたいところだが、やはり自分の心臓が心配なので避けた方が良いと思ったのだ。

「……想定外ですね。こんなところで出てくるなんて……」

「おいリュカ、聞こえているぞ」

「なんのことですか？　オスカー様」

また何やら言い合い始めたリュカたちを止めたのは、サラの一声だった。

「もうっ、皆さん忘れていませんか⁉　ロザリア様と同室になるのに一番相応しいのは、女子であるこの私に決まってるじゃないですか！」

この場で最も説得力のある立候補者に、誰も何も言い返せなかった。

「まったく、どうしてこんなことに」

「それは俺の台詞だ」

オスカーの不満たっぷりな声に、リュカも不満だらけの溜め息を吐いた。

あれからロザリアはサラと同室で過ごすことになり、残りのメンバーで部屋割りを決めることになった。結果、教師のイヴァンは一人部屋、ルイスとミゲルが同室で、自分とオスカーが同室になってしまったのである。

「お前が俺を指名してきたんだろう。……お前、俺に対する敵意が強すぎないか？」

恨めしそうなオスカーに、そりゃそうですよと胸中で呟く。

（兄であるルイス様以外は皆、注意しておかなければならない。中でもこの男が一番の要注意人物なのだから、私が直に監視していないといけないのは当たり前でしょう）

ロザリアの元婚約者で、この国の王太子。けれど、肩書きだけなら〝乙女の騎士〟であるリュカも実は負けていない。こと〝妖精の乙女〟に関しては、伴侶となるのに最も近い権利を得ている立場なのだから。

それでもリュカがオスカーを注視している理由は、彼のことをどうしても許せないからだった。

（婚約者となってから長年、ロザリア様に無礼な態度を取り続けてきたというのに、今になってこの手の平返し。絶対に許せない）

確かに、ここ数か月でロザリアの印象はだいぶ変わった。他者へ好意的な人柄になったので、惹かれてしまうのは致し方ないことだろう。

だが、リュカにとっては昔から変わらずに敬愛している主人であることも事実なのだ。

その彼女に最も冷たい態度を取ってきたのがこの男なので、許容出来ないでいるのだった。

「おい、聞いているのか？」

「聞いていますよ。敵意のことでしたら、オスカー様のお好きなように捉えてください」

「……お前、隠さなくなったな」

それには答えず、リュカはわざとらしくニッコリと笑った。

「オスカー様、一つだけご忠告を。私の目を盗んでロザリア様のお部屋を訪ねるなんてこと、絶対になさいませんように」

「そんなことするわけないだろう！」

オスカーが吠えるのを無視して、リュカはさっさと就寝の準備を始めた。

第三章　推しは私が守ります

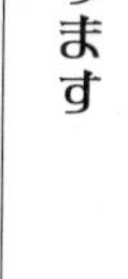

　翌朝目を覚ますと、見慣れない木目の天井が目に入った。そういえばここは自宅ではないのだった、とロザリアはぼんやりしながらも現状を把握していく。

（早いところ件の妖精を見つけて、ここから撤退しないとね）

　まどろみから覚醒し、起き上がる。隣の寝台のサラはまだすやすやと眠っている。気持ちよさそうな寝顔を確認していると、部屋の外でカタンと小さな音がした。

「……リュカ？」

　そっと扉を開けると、リュカがいつも通り完璧な装いで、扉の横に立っていた。

「おはようございます、ロザリア様。申し訳ありません、起こしてしまいましたか」

「いいえ、自然に起きたのよ。もしかして、ここで私が起きるのを待っていたの？」

　明らかに廊下で待機していた様子に見えたのでそう問うと、リュカは微笑んだ。

「貴女の身支度のお世話をさせていただくのは、私の仕事ですから」

「やだ、いいのよ気にしないで。今は特殊な状況なんだから。身支度だって一人で……」

　言い終える前に、リュカの綺麗な指が伸びてきてロザリアの口を塞いだ。

るわけにはいきません」

「これは私の大切な仕事のうちの一つなのです。例えロザリア様であろうとも、お譲りするわけにはいきません」

ずいぶんと熱っぽい瞳で見つめられ、一気に体温が上昇する。朝から向けられる視線ではないような気がする。こんな、色っぽすぎる瞳は反則だ。

「っ！」

「ディフダさんに許可をいただき、部屋を一室お借りしています。こちらへ」

手を引かれ、火照る頰を押さえながらもついていく。客間よりも狭いそこには、リュカが普段から持ち歩いているロザリア専用のブラシをはじめ、制服も用意されていた。

「ほとんどの荷物はホテルに置いてあるので、必要最低限のものしかありませんが」

「十分すぎるわ」

懐から手鏡を取り出したリュカを見て、クスリと笑う。ロザリアの身だしなみを本人以上に気にかけているリュカの準備の良さには、毎度舌を巻いてしまうほどなのだ。

質素な椅子に腰を下ろすと、リュカがロザリアの髪を手に取り、優しく梳かし始めた。

「……ロザリア様。お願いがあります」

「なあに？」

ふいにリュカが口を開いた。

「この研修旅行中、どうか私の目の届かぬ場所へは行かないでください」

自宅の豪勢な鏡台ではないため、背後の彼の表情を確認することは出来ない。けれど、ひどく真剣な表情をしているのだろうということは、声音からもわかった。

「……ええ。もちろんよ。あなたの傍にいるわ」

（私はあなたを一番に守りたいのだもの）

そのためには、リュカの願い事はロザリアにとってもとても重要なものだった。

「私も約束するから、あなたも約束してくれる？」

「はい。もちろんです」

少しだけリュカから緊張の空気が薄まった気がした。と思ったら、梳かし終えた髪を一房掴まれる。

「リュカ？」

「……口約束だけで満足出来ない私は、なんて心が狭い男なのでしょうね」

くい、と引っ張られるまま振り向くと、目の前で彼が恭しく髪に口づけた。

（うわぁぁぁ⁉）

髪を掴まれたままなので動けない。鼻先が触れそうなほど至近距離で見つめ合う状態になっていることに、ロザリアの心臓が途端に騒ぎ始める。

（待っ、近い……っ、近い‼）

バクンバクンと音を立てる心臓に固まっていると、部屋の外から叫び声が聞こえてきた。

「きゃぁぁ⁉　ロザリア様⁉　どこですか――っ⁉」

「…………」

サラが起きたようだった。部屋にいるはずのロザリアがいなくて慌てているらしい。

「……リュ、リュカ。そろそろ、みんな起きてくるわ」

「……はい」

リュカは一瞬だけ残念そうに目を伏せて、髪を手放した。ロザリアが制服に着替えられるよう部屋を出て、廊下で騒いでいるサラを宥めにいく。

（あ……っぶなかった――‼）

また接近戦に持ち込まれ、絆されてしまうところだった。間一髪だった。

（今はシナリオ突破に集中しなくちゃいけないのよ、邪な想いを抱えていては駄目！）

推しの積極的な行動に押され気味な自分を戒めつつ、ロザリアは制服に袖を通した。

「それじゃあ今日は、この二班に分かれて調査をするということで決まりね」
朝食を取った後、ロザリアたちは問題の妖精の捜索を開始することにした。その上で、七人でぞろぞろ歩くよりも二手に分かれた方が効率が良いだろう、ということになり、初

日のロザリア班はリュカ、サラ、オスカーの四人となった。

「ロザリア、一人で突っ走らないようにね」

「そんなに大声で言わなくても大丈夫よっ」

わざわざ自分のことだけ名指ししてきたイヴァンを先に追い出し、ロザリアたちも出発する。隣にリュカがピッタリ張りついている状態のロザリアに、オスカーが尋ねてきた。

「俺たちはまずどこへ行く？」

「森へ。ディフダさんに妖精のたまり場をいくつか教えてもらったから、そこへ行って彼らに話を聞いてみたいなと思って」

村と繋がっている森の周囲も結界が張られている。妖精にしかわからないような異変を感じたものがいるかもしれないので、とりあえず話を聞きに行ってみようと考えたのだ。

（念のため、〝加護〟の力を持つサラにもこっちのメンバーに入ってもらったもの。妖精の魔力絡みで、何か手掛かりになりそうなものが見つかることを願いましょう）

ちなみにオスカーも一緒なのは、彼が強く希望したからである。

「さ、グズグズしている暇はないわ。早速行ってみましょう」

村の先にある森は、程よく日が射し込む空気の良い場所だった。人の手もあまり入っておらず、いかにも光の妖精が好んで棲みつきそうな森である。

「ロザリア様、お気をつけください。その先は枝が飛び出しています」

そしてリュカの警戒心は、最高レベルまで上げられている。

「いけません、もっとこちらへ寄ってください。葉で髪を傷つけてしまいます」

「……お前、ちょっと過保護すぎないか？」

オスカーが呆れたような声を出した。リュカがあまりにもロザリアの前後左右に目を厳しく光らせるせいで、なかなか歩き進められないのが焦れったいのだろう。

「ロザリア様のお身体にほんの一筋でも傷がついたらどうなさるおつもりですか？」

「……そんなに睨みつけるなよ」

オスカーに無言の圧をかけるリュカを、ロザリアは宥めるように制する。

「リュカ、気にかけてくれてありがとう。でも葉っぱが掠ったくらいじゃ髪もなんともないでしょうから、大丈夫よ」

「ロザリア様の美しい御髪はとても繊細ですから。葉一枚であろうとも油断は出来ません」

（ちょっと細い猫っ毛なだけなんだけどね!?）

しかし、ロザリアの髪を毎日大事に梳かしてくれているリュカにとっては、髪を守ることも大事な使命の一つのように感じているのだろう。

「気遣ってくれるのはありがたいけれど、こんな調子じゃなかなか進まないわ」

「……わかりました。では、失礼します」

そう言って、リュカがロザリアの腰に腕を回した。

（うわぁ⁉）

「こうして貴女を私の腕でお守りしながら歩くのでしたら、よろしいですか？」

爽やかに微笑まれ、真っ赤になって口をパクパクするしかなくなった。なんだこれは。

どうして突然こんな恥ずかしい密着体勢に⁉

「いや、本当に度が過ぎないか？」

「ああっ、どさくさにまぎれてずるいです、リュカさんってば！」

オスカーのぼやきとサラの恨めしそうな声を背後から聞き取りつつ、リュカの腕に抱かれたまま森の中を進んでいく。ちらりとリュカを見上げると、ニッコリと笑みを返された。

（か、確信犯だ――っ！）

そうに違いない。ロザリアが顔を赤くしながらも拒絶する素振りがないということを、しっかり理解している顔にしか見えなかった。

（ぐぬぬ……、こんなふうに集中力を散らされてちゃいけないのに……！）

けれども身体は正直で、リュカにがっちりガードされているというこの状況が幸せすぎて、抜け出そうという動きを取ってくれないのであった。

「あ、あの！　この辺りで一度休憩にしませんかっ？」

サラが割り込むように近づいてきて、ロザリアの手を摑みながら提案した。

「そうね。結構歩いたし、軽く休憩でも取りましょうか」

ロザリアが答えると、心得たようにリュカが周りを見回し、近くに座れそうな切り株がいくつかあるのを見つけた。そのうちの一つにハンカチを敷き、ロザリアを案内する。

「ロザリア様、どうぞこちらへ」

「ありがとう」

相変わらずの手際の良さに内心で拍手を送り、切り株に腰を下ろす。すると、すぐ隣の切り株に、サラがいち早くストンと座った。

「えへへ、お隣失礼します！」

リュカは一瞬何か言いたそうにしたが、黙って反対隣の切り株に腰を下ろした。オスカーはなぜか残念そうな顔で、残されたロザリアの向かい側の切り株に腰を落ち着けた。

「ロザリア様。私、村長さんにキッチンを借りて、これを作ってきたんです！」

サラが大事そうに抱えていた手籠から取り出したのは、フレンチトーストだった。

「まあ、あなたが作ったの？」

「はい！　ロザリア様に食べていただきたくて！」

花が咲くような笑顔で言われ、可愛らしさに胸がきゅんとなる。そういえばサラは料理好きな女子という設定があったのだ。作中でもその自慢の手料理を攻略対象たちに振る舞い、彼らを虜にする描写がどのルートでも描かれていた。

「嬉しいわ。いただきます」

「あっ、待ってください。これをこうして……、はい、あーん！」

「えっ」

サラがフォークに刺したフレンチトーストを、ロザリアの口元に持ってくる。

（あーん……。あーん⁉）

驚いて固まってしまった。なぜ自分がサラに「あーん」をされているのだろう。しかし向かい合うサラは、屈託なくニコニコと笑っている。

「……何をしているんですか、ベネットさん」

状況に困惑するロザリアの後ろから口を出したのは、リュカだった。

「そのような行為は、いかがなものかと」

機嫌のよろしくなさそうな声音だった。だがサラはキョトンとしている。

「いけませんか？　女性同士なのですから、これくらいは問題ないでしょう？」

リュカが口ごもった。確かにこれが異性同士なら問題であるが、サラは同性なのだから悪いことではない。お行儀がよくないというだけで。

「……マナーとして、よろしくないのではと」

「これくらい駄目ですか？　ロザリア様に食べていただきたかったのに……」

しゅんと悲しそうに眉を下げたサラに、ロザリアの庇護欲が陥落した。

「サラ、いただくわ。あなたの気持ちは嬉しいもの」

リュカと、なぜかオスカーまでもが「あっ」と声を上げるのを聞きながら、差し出された一欠片をぱくりと口に含んだ。

「うん、美味しい。とってもふわふわで優しい味ね」

「あ……ありがとうございます！」

余程嬉しかったのか、サラが感無量といった様子で目を潤ませた。

「あの、よろしければもっと――……」

「ロザリア様、こちらもどうぞお召し上がりください」

リュカに少々強めに振り向かせられ、目の前に一切れのアップルパイが差し出された。

「ああもうっ、リュカさん！」とサラがぷんすかしている声を背に、目の前の蜜がキラキラと輝くパイに目を奪われる。リュカ手製のアップルパイはとても美味な代物なのだ。

「うわぁ、美味しそう！　あなたも朝から用意してくれたの？」

「はい。妖精用の菓子と一緒にお作りしました。貴女のために」

そう言って、これもまた口元に寄せられる。さっきと同じ状況だ。

（……えっ、これも「あーん」ですか⁉）

サラの時よりもさらに固まってしまう。当然だ、だって相手はリュカなのだから。

「おい、ベネット嬢は良くても、お前がするのには問題があるのでは？」

オスカーが真っ当な意見と共に割り込んできた。そんな彼に、リュカは笑みを返す。

「問題ございません。私はロザリア様の従者ですから」

「その行動に従者かどうかは関係あるか？」

「あります。主人のお世話をさせていただくのが、従者の務めですから」

もっともらしくリュカは言ったが、「あーん」は従者の仕事ではない。たぶん。

だが、リュカの切なげにロザリアを見つめる表情にはやはり勝てなかった。

「……ロザリア様、私からでは食べていただけませんか？」

（そ、そんなしょんぼりした顔しないでよー！　あなたの顔には弱いんだから！）

「んぐぅ……、そんなわけ……ないでしょう……」

喉から変な音を出しながら答えると、リュカは一瞬でまた笑顔になった。

「ああ、それならば良かった。安心いたしました。では、どうぞ」

輝く必殺スマイルを向けられ、ロザリアはおずおずと差し出されたアップルパイを齧った。その際、口に含みきれなかった蜜が零れてしまった。それを拭き取るように唇をそっと撫でられ、ぴゃっと肩が跳ねる。

（いいい、今のは何⁉）

全身が茹だったように熱くなる。あんな、唇を優しくなぞる動きは反則だ。

「ロザリア様ったら、私の時はそんなに顔を赤くしてくださらなかったのに～！」とサラが叫ぶ声も耳に入ってこないくらい、ドギマギする鼓動(こどう)が止められない。

その空気を変えようとしたのか、オスカーが身を乗り出した。

「ロ、ロザリア！　これも食べたらどうだ⁉」

その手に持っている赤い物体に、ロザリアはようやく冷静さを取り戻(もど)した。

「これは……、リンゴ？」

「ああ、ここへ来る途中(とちゅう)で少し失敬していたんだ。ここが妖精の恩恵(おんけい)を十分に受けている森だからか、とても美味(うま)そうだなと思って」

「あら、確かに。赤くてつやつやしていて、美味しそうね」

「だろう？　だからお前に、と思ったんだ」

真面目な顔で、オスカーが口元へリンゴを差し出してくる。もしやこの体勢は。

「……あの、オスカー」

「なんだ」

あなたさっき、自分で何言いましたっけ？　とツッコみそうになり、同時にリュカがロザリアの顔の前に手を伸ばした時だった。

「きゃあー！　やめてぇー！」

近くの茂(しげ)みから、少女の金切り声が聞こえてきたのだ。

「何⁉」

リュカがさっとロザリアを守るように腕を回す。状況を把握しようと周囲を見回すと、いくつかの黒い影が一本の木に集まっているのが見えた。バサバサと聞こえる羽音に、影の正体が鳥であることを察する。

「……カラス？」

木の陰からそっと覗くと、やはりカラスだった。しかも、かなり大きい。

（一体どうしてあんなに興奮を――……あっ！）

何かがキラリと光る場所をカラスは突いていた。よく見るとそこは大木の根元にある一つの切り株で、その上には小さな椀やカップ、花や木の実が散乱している。さらにその周りを、花びらをまとった小妖精たちが一定の距離を保ちつつ、オロオロと泣きながら飛んでいるという状況だった。それらを見て、狙われているのは妖精の宴会場だと判断したロザリアは、他の三人が止めるのも聞かずに木陰から飛び出した。

「やめなさい！　自分より身体の小さな生き物の娯楽を邪魔するなんて卑劣よ！」

カラスに言葉なんて通じるわけがないのだが、居ても立ってもいられず叫ぶ。もちろんカラスはロザリアのことなど気にも留めず、宴会場を突き回していく。

リュカが慌てて出てきてロザリアの腕を引こうとするが、ロザリアは退かなかった。カラスたちが、止めようと周りを飛び交う小妖精たちも突き始めたからだ。

「こら、弱いものいじめはやめなさいってば！　ああもう……！」

カラスを追い払おうと手を伸ばし、嘴が腕に当たるのも構わず切り株に突っ込んでいく。そのまま小妖精たちを守るように腕の中に抱き込んだ。

「ロザリア様……！」

リュカの焦ったような叫びと共に、カラスの襲撃が止んだ。顔を上げると、リュカが制服の上着を脱いではためかせ、カラスを追い払っていた。オスカーも同じ動作をし、サラがわぁわぁ言いながら木の枝を振り回しているのも見える。

「ロザリア様、無茶な行動はおやめください！」

あらかた追い払ったリュカが、いつになくすごい剣幕でロザリアを振り返った。

「カラスの群れの中に突っ込んでいくだなんて……、どうしてそんな危険なことを！」

「ご、ごめんなさい、攻撃されてるこの子たちを見たら、我慢出来なくて……」

腕を広げると、花の小妖精たちが泣きながら飛び立っていった。ロザリアへのお礼を口にする妖精を見て、リュカが苦しそうに息を吐く。

「貴女の妖精への思いやりは素晴らしいものですが、あまりにも向こう見ずすぎます」

「……心配かけてごめんなさい」

リュカが助けてくれなかったら怪我をしていたかもしれないので、素直に反省する。

「おいロザリア、怪我はないか？」

「ロザリア様ぁ～！」

オスカーとサラも駆け寄ってくる。

「大丈夫よ、リュカが守ってくれたから。妖精たちもひどい怪我はしていないみたい」

荒らされた宴会場へ向かって飛んでいく妖精たちを指して言う。だがリュカと同じで、オスカーも険しい顔をしたままだ。

「……お前がこんなふうに、身を挺して妖精を庇うなんて」

「わ、わかってるわよ。おかしいって言うんでしょ」

いつもの疑いの目を向けられるのだろう。そう思ったのだが。

「いや、そうではない。……ただ、お前は本当に変わったんだと……思っただけだ」

「え？　オスカー、よく聞こえなか――……」

言いかけて、ロザリアはハッと空を見上げた。黒い影が視界に入ったのだ。

「危ない！」

去っていったと思ったカラスがまた戻ってきていた。しかも、小妖精たちが必死に修復しようとしている宴会場に向けて、猛スピードで急降下している。

（間に合わない！）

ロザリアが数歩先の切り株に辿り着くよりカラスの方が速い。駄目だ、あの子たちが怪我をしてしまう、と背筋を冷たいものが走った。――だが、何かがビュン、と飛んできてカラスに命中し、「ギャアッ」という鳴き声と共に、気絶したカラスは落下した。

「……え？」

近くの茂みがガサリと動き、緑色の小さな生き物が姿を現した。

「やい、お前ら！　妖精の宴会の邪魔をするんじゃねぇ！」

「ゴブオ⁉」

手に小石を持ったゴブオだった。またこっそりとついてきていたのだろう。そしてたった今、カラスに一撃必殺を与えてくれたらしい。

「小さいヤツを狙うなんて、意地汚ねぇヤツらめ。文句があるならかかってこい」

残りのカラスたちとゴブオが睨み合う。一触即発ムードであったが、ゴブオの闇の妖精の気にあてられたのか、カラスたちは弱々しく鳴いた後に飛び去っていってしまった。

「ふん、大したことねぇな」

腰に手を当てて踏ん反り返るゴブオに、ロザリアは思わず感心して拍手をしようとした
――が、それは小妖精たちの金切り声にかき消された。

「きゃあ！　今度は闇の妖精よー！」

そう叫び、妖精たちは散り散りに飛んでいってしまった。

「………………」

静寂が広がる。残されたのは、状況を見守るしかなかった人間たちと、果敢にもカラ

スを追い払ったにも拘わらず所在なさげに立つゴブオ。それから荒らされた宴会場だった。

（ゴブオ……）

しょんぼりした様子のゴブオに、胸が痛くなる。同じ妖精として宴会を邪魔される悲しみが理解出来たからこそ、わざわざ出てきてくれたのだろう。なのに助けたはずの相手からは怖がられてしまい、落ち込んでいるのがその背中からもひしひしと伝わってきた。

ゴブオと付き合いがあるロザリアには、先程の行動が善意によるものだとわかっていたが、どう転がっても彼は闇の妖精。光の妖精に分類される花の小妖精からしたら、突如現れた闇の妖精に怯えるのも致し方ないことであった。

ロザリアは声をかけようと一歩近寄った。けれどそれよりも早く、ゴブオの前に目線を合わせるようにしゃがみ込んだのはリュカだった。

「ゴブオさん。今のはとても勇敢な行動だったと思います」

思わぬ賛辞に、ゴブオが驚いたように顔を上げた。

「さすが、ロザリア様からお名前を頂戴したお方です。たいへんご立派でした」

リュカらしい言い回しが少し可笑しくもあったが、優しい言葉に胸をホッコリさせながら、ロザリアも並ぶようにしゃがむ。

「私からもお礼を言うわ。闇の妖精のあなただからしっかり追い払えたのよ。助かったわ」

「そうですよゴブオさん、とっても男らしかったです！」

　サラがパチパチと拍手をし、同じく隣にしゃがみ込んだ。オスカーもそれに倣う。

「見ず知らずの光の妖精なのだから、彼女たちに悪意があったわけではない。お前に非があったわけでもももちろんないから、気にしなくていい」

　次々に励ましの言葉を添えると、ゴブオの表情がほんの少し緩んだ。

「……別に、慰めてほしいわけじゃないやい」

　ツンとした言い方だったが、嬉しそうな感情が抑えきれていないのが、モジモジとした仕草からも伝わってきた。四人で顔を見合わせ、笑い合う。

「さて、ここは一旦離れましょうか。あの子たちもすぐには戻って来ないだろうし」

　辺り一帯からはすっかり妖精の気配が消えてしまっていた。光の妖精しかいないとされるこの土地に闇の妖精が現れたとなれば、しばらく皆怯えて出てきてはくれないだろう。もう少し離れた場所で妖精を探し直した方がいいかもしれない。

「まさかリュカがゴブオにあんなふうに声をかけるとは思わなかったわ」

　ふふ、と笑うと、リュカは至極真面目な表情で言った。

「ロザリア様の大切な妖精のご友人ですから。彼は間違ったことをしていませんし、でしたら私も正しく感じたことを伝えようと思っただけです。貴女の従者として恥じぬように」

やっぱりどこまでもリュカらしい考え方に、もう一度笑ってしまう。

「それよりも、ロザリア様。先程のような無謀な行動は、もうなさらないでくださいね」

「わ、わかってるってば」

リュカの珍しく怒ったような表情に、さすがにやりすぎたと改めて反省したのだった。


その後もしばらく森を歩いて回ったが、想像以上に皆ゴブオに驚いてしまったのか、他の妖精に遭遇することは出来なかった。ロザリアたちが諦めて引き上げる判断をした頃には、もうすっかり夜になっていた。

「遅くなっちゃったわね」

村長宅へ戻ってきた一行を家の前で出迎えたのは、慌てた様子のミゲルであった。

「ロザリア、すまん！　やばいことになっちまった！」

「どうしたの、ミゲル。何があったの？」

いつも朗らかな彼とは打って変わった様子に、ロザリアの脳内に警笛が鳴り響く。

「あんたの兄さんが……、ルイスがいなくなっちまった！」

「え!?」

予想もしていなかった報せに、ざわりと全身の毛が逆立つ。

「俺たち、村の中心部で調べ物をしてたんだけどさ。ルイスが妖精の姿を見かけたから話を聞いてみるって路地裏に入っていって……そこで消えちまったんだよ……！」

「消えた……？　本当に消えたの？」

ミゲルが頭を抱えて頷く。

「周辺を捜してもどこにもいなかった。ルイスが言ってた妖精の姿もなかった。まるで神隠しにあったみたいにいなくなったんだ」

しかも、とミゲルが続ける。

「ルイスだけじゃないんだ。他にも三人、村人が急にいなくなったんだよ」

「なんですって？」

「今、その村人たちの家族が村長さんを訪ねてきてる。みんなも来てくれ」

ミゲルの後に続いて家の中に入る。応接室にはディフダとイヴァン、それから夫婦と思われる壮年の男女が三組、暗い表情で向かい合っていた。

「すまないね、ロザリア。君のお兄さんがたいへんなことになってしまった」

大人として、そして引率教師として不甲斐ない、とイヴァンが頭を下げる。ロザリアはまずは状況把握だ、と動揺を抑え込み、努めて冷静に答えた。

「頭を上げてちょうだい。それよりも、一体何が起こってるのか話してくださる？」

「ああ。実は——……」

彼らの話をまとめると、村の若い男性三名がルイスと同じで突然消えたということだった。状況は全員共通しており、他の人の目がない時にいなくなったらしい。

「あの子が大事な仕事道具をほっぽったまま、いなくなるはずがないんだよ……！」

一家で工芸品のアクセサリー作りを生業にしているという女性が、行方不明になった息子を案じて涙をはらはらと流す。

「聞いた話だと、昨日から妖精の魔法絡みで何か起こってるんだろう？　もしかして、妖精が悪さでもしてるのかい？」

「いや、それはまだ断定出来ぬ」

ディフダが弱々しい声を出した。この村で最も妖精と親しくしている彼としては、妖精とのトラブルが立て続けに起こっているなどと思いたくないのだろう。

（だけどタイミング的に、結界魔法をかけた妖精の仕業よね。……まさか、ルイスが被害に遭うなんて）

今のロザリアには、転生前のロザリア本人としての記憶も備わっている。決して仲が良かったわけではないが、十七年間家族として過ごしてきた彼の身に危険が及んだという事実は、少なからずロザリアを動揺させていた。

（目の前で怪我を負わされるより、目の届かない場所へ連れて行かれる方がこんなに心配になるなんて。……ルイスは、無事かしら）

ロザリアの不安を助長させているのは、この展開がシナリオに沿ったものなのか確信が持てないから、という理由もあった。というのも、続編が通常通り進んでいるのなら、ルイスではなく〝乙女の騎士〟であるリュカに何か起こるものだと思っていたからだ。

（シナリオ通りの展開ではないのなら、ルイスも他の村人も安全が確保されているのかわからないわ。早く……助け出さないと）

いつの間にか顔色が真っ青になっていたことにいち早く気付いたのは、リュカだった。

「ロザリア様、大丈夫です。ルイス様はフェルダント家のご子息、これが妖精の行いによるものであるなら、ルイス様も全く対処出来ないということはないでしょう」

固く握りしめていた両手をほぐすように、リュカが優しく撫でてくれる。

「そう……よね。妖精の血縁者であることは、お兄様にとってプラスになるわよね」

はい、とリュカが力強く返してくれる。それだけでも少し気持ちが軽くなった。

暗くなっていては何も進まない。ここが《おとかね》の世界であり、自分が〝妖精の乙女〟である以上、この事件を解決するのは自分の役目なのだから。

（そうよ、動揺している場合ではないわ。そもそも今は悪役令嬢が〝乙女〟になっているイレギュラー状態なのよ。本来のシナリオにそぐわない展開になっていたとしても、おかしなことは一つもないと考えるのが妥当じゃない）

そう結論を出し、ロザリアは心を落ち着かせるように深呼吸をした。

「改めて、情報をまとめた上で今後どう行動していくかを、考えましょう」

「消えた三人の村人には、共通点があったみたいなんだよね」

一旦、件の男性たちの家族には帰ってもらい、ロザリア一行と村長とで作戦会議をしようとした矢先、イヴァンがそう言った。

「共通点？　どんな？」

「まずは年齢。みんな若い男性で、二十歳前後だった」

「お兄様も当てはまるわね。十八歳だから」

「そうだね。それと、三人ともなかなかに見目麗しい若者だったようだよ」

ん？　と皆の疑問に満ちた視線がイヴァンに集中した。

「この村では毎年、村一番の美青年を選出して、春の祭りで舞を踊らせるしきたりがあるそうなんだ。それで彼らはそれぞれ、今年、昨年、一昨年のその舞手だったらしい」

「村一番の……美青年……⁉」

その単語に、ロザリアの中のセンサーが強く反応した。

「美しい容姿を持っていたから妖精に攫われてしまったんじゃないか、なんて話にもなっていたんだよ。君たちが部屋に入ってくる前にね」

「それならルイス様にも共通していそうですよね。ロザリア様に似て、とても綺麗なお顔立ちをしてますし……」

サラの意見を聞きながら、嫌な汗がどばっと背中に溢れ出す。

（ルイスは攻略対象一の美形と謳われたキャラだわ。その美貌と人を魅了してしまうリヤナン・シーの血の影響により、幼い頃から女性に囲まれる目に何度も遭ってきて、そのせいで女性嫌いになった……なんて設定があるくらいの、とびきりの美青年……）

だから彼も狙われたというのだろうか。先程からずっと気になっていた、『なぜ〝騎士〟のリュカではなくルイスが狙われたのか』の答えが見えた気がして、背筋が凍る。

そしてそれは同時に、新たな危機も自覚させた。

（若くて美しい男性が狙われるってことは……それじゃあ……！）

「リュカも危ないじゃない‼」

我慢出来ず、ロザリアは思わず叫んでしまった。

「……待て、なんで急にそうなった？」

ロザリアの悲痛な叫び声が応接室に反響する中、オスカーの静かなツッコミも響いた。名指しされたリュカ本人も困惑した様子である。

「なんでって、わからないの？　見てちょうだい、リュカのこの美しさを！」

鼻息荒くリュカの腕をぐいっと引っ張り、皆に見えるように立たせる。

「村の美青年が立て続けに行方不明になっている今、この村で無事に残っていて一番美しいのはリュカなのよ。となると、次に狙われてしまうのはリュカになるじゃない！」

「……すげぇな。いなくなったやつと同年代かつ同性の俺たちがいるのを見事にまるっと無視して、リュカ一択になってるよ」

「ここまで無視をされるといっそ清々しいねぇ」

ミゲルとイヴァンの呆れを通り越して感心する声も耳に入らず、ロザリアは呻いた。

(『〃乙女〃と〃騎士〃が恋人同士にならない』ことでシナリオ通りの危機を回避出来ると思ってたのに、〃騎士〃であることとは別の条件に該当してしまうなんて……！　なんとかしてリュカが誘拐される展開は阻止しないと！　でもどうしたら……!?)

必死に思案を巡らすロザリアに対し、リュカも真剣な表情でロザリアに向き直った。

「お待ちください、ロザリア様。それでしたら貴女も危険ではありませんか？」

「え？　どうして？」

目を瞬いて、首を傾げる。

「今回狙われたのがたまたま男性だっただけで、もしも性別へのこだわりがなかったとしたら……、ロザリア様こそ危険なのではないかと思うのです」

「何を言っているの。そうはならないわよ」

「いいえ、美しさで貴女に敵う生物はこの世に存在いたしません。最も警戒すべきはロザリア様です」

一点の曇りもない瞳で見つめられ、思わずたじろいでしまう。ロザリアがリュカのことを世界一美しいと思っているように、リュカもロザリアに対してそう思っているのだから。

(そ、そんなキラキラした目で見ないでよ～！　腰が抜けそうなんですが！)

「ちょっとそこ、主従で称え合うのは後にしてもらってもいいかな」

リュカの視線に射抜かれ動けずにいたが、イヴァンがやれやれといった様子で割り込んできてくれたおかげで、間近で見つめ合っていた状態は解消された。

「し、失礼」

ロザリアが体勢を立て直すと、リュカがほんの少し物足りなさそうな気配を漂わせた。

「誰が次に狙われそうかというのは、一旦置いておいてもいいんじゃないか？　そもそも、この件が妖精によるものなのか確定しているわけでもないのだし」

オスカーは冷静に意見を述べたが、ロザリアは「いいえ」と首を振った。

「この件は、村の周囲に結界を張った妖精によるものだと思うわ」

「どうしてそう言い切れるんだ？」

(だってこれ、続編シナリオの一環かもしれないからです！)

とはもちろん言えないので、「……昨日の今日だもの」と歯を食いしばりながら答える。

「だから、一刻も早く問題の妖精を見つけないと」

とにかくその妖精を捜し出すことが最優先なのだ。人への直接被害が出てしまった以上ルイスたちを解放するにはそれしかないし、リュカに危害が及ぶ前に先手を打って交渉をし、諸々（もろもろ）の騒ぎを収めてもらえば良いのである。

（何がどう作用するかわからないから、〝騎士〟と恋人同士にならないよう行動するのも続行よ。それと、これまで以上にリュカから目を離さないようにしなきゃ）

いなくなった四名全員、一人になったタイミングで姿を消したということだった。ということはリュカを一人にしないよう徹底（てってい）すれば、少しでも危険は防げるかもしれない。

だからロザリアは、部屋中に響く声量で言い放った。

「リュカ。今夜は私と同じ部屋で休みなさい」

「……ねえ、リュカ。お願いだから私の言うことを聞いて」

「例え貴女のお願い事でも、お聞きすることは出来ません」

頑（がん）として首を縦に振ってくれないリュカに、ロザリアは眉間（みけん）に皺（しわ）を寄せて唸（うな）った。

夜も更（ふ）けた時間。狭い客間の中で、主人と従者の攻防（こうぼう）がもう半刻（はんとき）ほど続いていた。

――ロザリアとリュカ、どちらが寝台を使うか、という議論で。

「聞いてちょうだい、リュカ。この部屋で休むように言ったのは私よ。私の我儘（わがまま）なのだから、寝台をあなたに譲るのは当然だと思うの」

「主人をソファに押しやって寝台を独占する従者など、聞いたことがありません。ロザリア様のお申し出はたいへんありがたいのですが、謹んで辞退させていただきます」

「私があなたをそんな硬いソファで寝させたくないのよ」

「一言一句、同じ台詞をお返しします。このソファを貴女に明け渡すわけにはいきません」

どうやっても譲る気はないらしい。しかしロザリアとて、大事なリュカを粗末な寝床で休ませたくはないのだ。

「ん～……？」

ふいに、もう一つの寝台から声が聞こえた。サラだ。せっかく得られたロザリアと同室という権利を手放したくないと涙目で縋り、そのまま居座ったサラは、元来寝つきのいい体質なのか、ロザリアたちが攻防戦を繰り広げているのもお構いなしに熟睡している。

その証拠に、少しぐずるような声は出したものの、またすぐに気持ちよさそうな寝息を立て始めていた。

「……あまり言い合っているとサラが起きてしまうわ。いいから私の言うことを聞いて」

「なりません。ロザリア様が寝台をお使いください」

このままだと埒が明かない。そう思ったロザリアは、最終手段を提示した。

「……わかったわ。じゃあ、一緒に使いましょう」

「え？」

さすがにリュカも驚いたようだった。普段のキリリとした表情が崩れ、目を丸く見開いている。くっ、ちょっと可愛いな。

「……ロザリア様。今、なんと」

「～～っ、だから、こっちに来なさい！」

そう言い、寝台の隅っこに身体を移動させ、顔のすぐ目の前に壁がある状態までいって縮こまる。公爵邸の自室の寝台と比べるとかなり小さいが、これならもう一人くらいギリギリ横になれるだろう。

「…………」

沈黙が続く。リュカは困惑しているようだった。

「わ、私はもう寝るから！　でもあなたがこっちに入ってきてくれないと、私がこんなに隅っこに寄った意味がなくなってしまうわ。だから私の行動を無駄にしないためにも、ちゃんとここで寝てちょうだい」

なんとかして寝台で休ませたいので、我儘令嬢っぽい口調で言う。ようやくリュカも折れたのか、立ち上がって寝台に近づいてきた。

「……かしこまりました。それでは、失礼いたします」

ギシ、と寝台が軋む。やけに響いたその音に、ロザリアの心臓がドキッと跳ねた。

（落ち着け落ち着け、こうするしかないのよ！　リュカを私の傍から離さないために！）

ドッドッドッと心臓が煩い。顔は壁に向けているためリュカの様子は確認出来ないが、聞こえてくる衣擦れの音に、彼が隣に潜り込んできたことがわかる。

「…………っ」

日中、間近で接するのとは違う。触れていないのに、身体が熱い。今までにない緊張が身体を覆っていく。

「……ロザリア様」

「ひゃいっ⁉」

変な声が出た。恥ずかしくなって顔を毛布に埋める。

リュカが小さく笑った。背中合わせで聞こえるくっくっという笑い声に、居た堪れなくなる。

「……笑わないでよ」

「ふふ、失礼しました。少し可笑しくなってしまって。昨夜は私と同室になることをあんなにも了承いただけなかったのに、今夜はずいぶんと積極的に誘ってくださったなと」

「い、言い方！　その言い方何かおかしいわよ！」

なぜか破廉恥な言い回しに聞こえたので物申す。

「……ええ、わかっていますよ。貴女にそんなつもりがないことは」

「え？」

「なんでもありません。お休みなさいませ。良い夢を」

低く呟かれた声は聞こえなかった。このまま起きていたら心臓が止まるかもしれないと思い、ロザリアは無理矢理目を瞑る。

しばらくは緊張で寝つけなかったが、背中越しに伝わるリュカの気配からも、同じ緊張を感じ取った。夜は静かに時を進めていった。

窓から射し込む月光の角度がだいぶ変わった頃、リュカは振り返った。規則正しく動く肩が見える。主はすっかり眠りの世界に引き込まれたのだろう。

（まさか、同じ寝台に……なんて仰るとは）

正直、かなり驚いた。こちらがどんなに押しても、肝心なところで線を引かれていると は感じていたのだ。だからロザリア側からこんなふうに寝むことを提案してくるとは、思いもしなかった。

（……熟睡しておられる）

複雑であった。こちらは、自分でも呆れるくらいに緊張して眠れないというのに、彼女

はそうではないのだろうか。こんなにもたった一人のことで頭がいっぱいになっているのは、リュカだけなのだろうか。

（……疲れているから、というのもあるかもしれないが）

〝妖精の乙女〟として責務を果たさねばと、彼女は一生懸命だ。そんな主人の姿は仕える者として誇らしいし、傍で支えたいとも思う。

けれど心配にもなるし、妖精や使命のことばかりな彼女に寂しさを抱くこともある。何より、ロザリアにとって自分が〝庇護対象〟なのだと改めて感じてしまったのが口惜しい。

同室で休むに至った経緯を考える限り、彼女がリュカの身を案じていることは一目瞭然だった。守るべき立場にいるはずなのに、守られようとしているなんて。

「ひどい人ですね……貴女は。おとなしく守らせてくれないのですから」

わかっている。彼女の言動は、リュカを大切に思うがゆえのものなのだと。それでも感情は言うことを聞かないのだ。

そっと身を起こし、深紫色の髪を一房手に取る。

「本当に……ひどいお方でいらっしゃる」

柔らかな手触りの髪とは対照的に、堅いガードを心の内側に築いている主人。リュカの気持ちを知っているはずなのに、受け入れてくれない主人。

「ですが、貴女を守るべき男の立場は、絶対に誰にも譲りたくないのです」

そのまま上体をずらし、ロザリアの頭のてっぺんに優しく唇を落とした。

優しくて思いやりに溢れていて、リュカのことを大事に思ってくれているひどいこの女性が、愛しくて愛しくて堪らないのだから。

第四章 激重感情が招くすれ違い

瞼をぱちりと開けると、木の壁が目の前にあった。

(うわっ⁉)

昨日と違ってドアップで視界に入った木目に、思わず叫び声を上げそうになった。

(……あ、そうか。昨夜はリュカが……)

と、そこまで思い出したところでバチッと覚醒する。

(そうだった！　リュカが同じ寝台で眠ったんだった！)

もしや寝顔が拝めるのでは……と邪な気持ちを抱きながら、そおっと振り返る。

——が、そこには誰もいなかった。

そのまま視線を部屋の扉に向ける。昨日と同じで、人の気配を感じた。

(……そりゃそうだ。もう起きてるに決まってるわよね)

ロザリアのために毎朝早くに起き出し、きちんと準備を整えている従者なのだ。ロザリアが起きる頃にまだ寝台に横になっているはずなどないのだった。

当たり前のことを忘れていた自分に苦笑いし、寝間着の上にストールを羽織って扉を開ける。そこにはやはり、昨日と同じ直立不動の姿勢で立つリュカがいた。

「おはよう、リュカ」

「おはようございます、ロザリア様。……よく眠れましたか？」

珍しい質問だった。いつもはそんなこと、聞いてこないのに。

そこで、いつもとは違うのだったな、と思い出して照れくさくなる。

「……ええ。眠れたと……思うわ」

「……そうでしょうね」

「え？」と聞き返すより早く、強く腕を引かれて目の前に影が落ちた。いつの間にか自分の背中と壁がくっついており、リュカの顔が目の前にある。

（なっ……!?）

「ぐっすりと眠っておられたようですね。私はいつまでも落ち着かなかったというのに」

「ふぇ!?」

リュカの萌黄色の瞳が、ロザリアの深紅色の瞳をじっと見つめている。

「あまりにも貴女が無防備に寝てしまわれるから、どうしたものかと思いました」

そう言って妖艶に微笑む彼のそれは、従者の顔ではなかった。そのことに気付いてしまったから、ロザリアの心臓はまた爆音と共に騒ぎ出す。

（こ、これはアカンぞ――!?）

そう思うのに、身体を動かせない。リュカの綺麗な形をした指が、ロザリアの髪をさらりと掬った。

「あ、あのね、リュカ」

「ロザリア様。私は——……」

カタン。二人の声に被さるように、近くの部屋から物音がした。ハッとしてなんとかリュカの身体を押して離すと同時に、隣の部屋の扉がガチャリと開いた。

「……何をしているんだ？」

部屋から出てきたオスカーが、怪訝そうな顔でロザリアとリュカを交互に見た。

「な、何も⁉ 何もないわよ⁉ ちょうど今から、朝の身支度をしに行くところだったのよ！ ね、リュカ！」

グイグイとリュカの腕を引っ張り、昨日も借りた部屋へと彼を誘う。

（……ま～た危なかったぁぁ‼）

オスカーの視線を背にバシバシと感じながらも、ロザリアは一度も振り返ることなくその先の部屋に入り、急いで扉を閉めた。

「皆さん、ちょっとよろしいでしょうか」

村の中心部に調査へ出発しようとしていたロザリアたちを、ディフダが呼び止めた。見せたいものがあると言う彼についていくと、案内されたのは書庫だった。

「まあ、すごい数の本ですね」

「よかったら、これらも活用してくれないでしょうか。お役に立てるかはわかりませんが、歴代の村長が残してきた記録書などもありますので……」

「いいんですか？　部外者の私たちが拝見しても」

「もちろんです。今回のことでご迷惑をおかけした上、お力も借りなければいけなくなったのですから。少しでも役立てられるものがあればと……」

「助かります。村長の記録となれば、手掛かりになるものもあるかもしれませんわ」

お礼を言って書庫内を見て回る。かなり古そうなものもあるので、期待が持てそうだ。

「あら？　これは……何かしら」

年季の入った本を手に取ったロザリアは、表紙に書かれた文字を見て首を傾げた。

「見たことのない文字ね。象形文字のような……」

これまで生活してきた中で目にしたことのない文字が記されていた。他の面々を確認すると、同じように不思議そうに見ている。そんな中、イヴァンが軽やかにロザリアの手から本を取り上げていった。

「おや、これは珍しい。妖精の古代文字ですねぇ」

「妖精の古代文字？」

　イヴァンの眼鏡の奥の瞳がキラリと光った。

「今はもう使われていない、幻の文字だよ。妖精が作ったとされるものでね、大昔はこの文字を通して、妖精と人との対話がされていたこともあったとか」

（へぇ……、そんなものが）

　そういえば、公式設定資料集のオマケページでちらっと見たことがあるような気がする。しかし、ゲーム内では特に活用されることがなかったので、もちろんロザリアはこの文字を読むことが出来ない。周囲の本をざっと見回し、ロザリアは嘆息した。

「この本にだけ、この文字が使われているみたいね。妖精の文字が使われているくらいだから、この村の妖精について重要な情報が書かれていないかしらと思ったけれど……」

「じゃあ僕が調べておくよ」

「は？」

　イヴァンがあまりにも軽く言うので、ロザリアは素っ頓狂な声を出してしまった。

「……読めるの？」

「読めるよ。これでも妖精学の教師だからね」

　ニコニコと笑う彼からは、いつもの胡散臭さは感じなかった。

「ただ、見た感じかなり古びていて文字も掠れてしまってるようだから、解読にはちょっと時間がかかるかもしれないな。一日あれば、結構読み進められるとは思うけど」

「それならお願いしたいわ。私たちは村の方で情報収集をしてくるから、頼めるかしら」

「もちろん。君がこんなにも予想を超えた積極性を見せているのに、妖精学教師の僕が情けない姿を見せるわけにはいかないからね」

「ありがとう。よろしくお願いします」

思わぬ能力を持つ助っ人の登場に、ロザリアは素直に感謝の言葉を述べた。


「それじゃあミゲル、案内を頼める？」

「おうよ。ルイスが昨日いなくなった場所だよな」

「ええ」

イヴァンを村長宅に残し、ロザリアたちは残りの五名で村の中心部へと出発した。

「それにしても、学園側は俺たちに何かあったと察してくれたかねぇ。妖精の魔力が働いてるんじゃ、助けは来ないような気がするけどさ」

「……そうね」

今置かれている状況がゲームのイベント中である限り、外部からの助けは一切期待出来ないだろうな、とロザリアは思っている。《おといず》本編の進行中にも感じていたことだが、なんだかんだでシナリオ強制力というものが働くのだ。イレギュラー展開が起こっていたとしても、基本的なゲーム進行は捻じ曲げられないのだろうと予想はつく。となると恐らく助けは来ないし、研修旅行期間に設定されている一週間の間に、全てのイベントが起こるのだろう。つまり、〝騎士〟が危険に晒される展開が、だ。

(今日で研修が始まって三日目。もう三日目よ。七日間なんてあっという間に過ぎてしまうんだから、早く妖精を見つけて事を収めないと。……ああ、せめてどういった属性の妖精かくらい、わかっていれば……！)

ゲームをプレイしていたらすぐにわかっただろうに、本当に悔やまれる。だが、今の自分に出来ることをやるしかないのである。

「ああ、見えてきたな。あそこが目的地だよ」

ミゲルが示す先には、初日に歩いた場所と同じくらいに賑わっている通りがあった。ここも露店がたくさん並んでいる。中心部というだけあって、人の動きも結構あるようだ。

「ルイスが入っていった路地裏はもうちょっと進んだ先だ」

ミゲルについていきながら、妖精がいないかと周囲に目を凝らすのも忘れない。

(人が多いからか、近くに妖精はいないわね)

視線を巡らせていると、動物の形をした木彫り彫刻を取り扱う店がすぐ傍にあった。彫刻でありながらリアルさを感じさせる品々だな――と何気なく見ていると、一番手前に陳列されているとある生き物の彫刻が目に入り、ウッと固まってしまった。

　オスカーもそれに気付いたらしい。立ち止まってしげしげと眺め始めてしまった。

「カエルか」

（やっぱり！）

　あの形は絶対そうだと思ったが、オスカーの声に顔をぐりんと反対側に向ける。しかし彼は、あろうことかロザリアに話を振ってきた。

「おいロザリア、カエルだぞ」

「見ればわかるわよっ」

　噛みつくように返したが、オスカーは気にも留めず話し続ける。

「お前、カエルを気に入っていただろう」

「はぁ？」

「オスカー様」

　リュカが低い声を出しながらオスカーに一歩近づいた。

「レディに対し、カエルを気に入っていたなどと仰るとは……たいへんデリカシーに欠けていらっしゃいますね」

　顔が笑っていなかった。ロザリアのために大層怒ってくれているらしい。対するオスカーは、リュカの発言に不服そうに眉をピクリと上げた。

「昔、笑顔でカエルを投げつけてきたそっちの方が、余程デリカシーがないと思うが」

「ものすごく昔のことでしょう⁉」

それはロザリアが今のロザリアとして目覚める前の、ずっと幼かった頃の話だ。地で悪役令嬢をしていた時の。

（確かにうっすらとそんな記憶があるけども！）

ツンツンして感じの悪いオスカーに腹を立て、悪戯をしてやりたくなったのだ。あわよくば泣き顔を見られるんじゃないかと期待しながら、笑顔でカエルを何匹か投げつけた。悪役令嬢として輝きを放っていた、全く可愛げのない幼少期の思い出の一ページである。

とはいえ今のロザリアでは絶対にしないことなのだから、ほじくり返さないでいただきたい。けれど、そんな訴えは当然オスカーに届くはずもなく。

「俺はあの時のお前の楽しそうな顔を忘れていない。カエルを鷲掴みにして、嫌がる俺に嬉々として投げてくる様は本当に恐ろしかった。御伽噺に出てくる魔女のようだったな」

「嫌な思い出なら、記憶の引き出しの奥にしっかりしまっておいてもらえないかしら」

「恐ろしすぎて忘れられるもんか」

苦々しげに言ったオスカーをキッと睨む。それを遮るようにリュカが目の前に立った。

「オスカー様。今の発言の数々は許容出来るものではありません。ロザリア様への侮辱とみなしますがよろしいですか？」

「お前は本当に気が短いな⁉」

「心外ですね。オスカー様こそ、すぐにそうやって声を荒らげるのは気が短い証拠だと思うのですが」

「お前がいちいち突っかかってくるからだろう。……俺はただ、ロザリアがカエルを気に入っていたみたいだから、これにも興味があるんじゃないかと思っただけだ」

いや、十七歳の年頃の女の子を捕まえて、カエルって。――そうツッコミを入れたくなったが、飲み込んだ。オスカーに悪意がないことは、その表情からも伝わってきたからだ。

しかしリュカは違ったようだ。

「尚更失礼に値すると思われます。ロザリア様はもう十七歳の立派なレディですよ。例え幼少期には興味をお持ちだったとしても、今その話をするのはいかがなものでしょうか」

「おい、なんだその軽蔑するような目は」

「これは失礼しました。隠せていなかったようですね」

「否定しないのか！」

その時、すぐ近くから「ぶふっ」と噴き出す音が聞こえた。

「……笑いすぎよ、ミゲル」

ミゲルが腹を抱えて笑っていた。

「くっ……、だってよ、笑顔でカエルを投げつけるロザリアと、それから逃げるオスカーを想像するだけで……くくっ」

「カエルを手摑み出来るなんて、ロザリア様はすごいと思います！」

サラのズレた褒め言葉に、ミゲルがさらに笑い声を上げる。

「いやぁ～、本当にあんたは武勇伝に事欠かないよな」

「煩いわねっ」

肩をポンポンと叩かれ、払いのける。その動きを見ていたリュカが、今度はミゲルに向かってつかつかと歩いてきた。

「ミゲルさん、気安くロザリア様に触れないでいただけますか」

「ちょっと肩叩いただけじゃんか！」

細かいなぁ、とぶうたれるミゲルを、リュカがジト目で睨む。

「はあ……。これだからこの面子は嫌なんですよ」

「お前は近頃本当に、心の声を隠さなくなったよな」

オスカーの詰るような呟きを無視し、リュカは笑顔でロザリアに向き直った。

「ロザリア様、先に進みましょう。こうしている時間も勿体ないですから」

「そ、そうね」

デリカシーのない男二人を視界から隠すように、リュカが腰に手を添えてロザリアを促す。触れた温度にドキッとしながらも、足を進めようとした——その時だった。

「あー、いたいた！　見つけたぞ、人間！」

声に振り返ると、初日に通りで声をかけたピクシーがこちらに向かって飛んできていた。

「あら、こんにちは。良き隣人さん。そんなに急いでどうしたの？」

尋ねると、ピクシーは自身の身体にまとわりつくさらに小さな生き物を指し示した。

「この小さいのがあんたを捜してくれって煩くてさぁ」

ピクシーの後ろから顔をちょこんと覗かせたのは、花びらをまとった小妖精だった。

「あなたたちは……昨日の」

森で出会った小妖精だ。宴会をカラスに邪魔され、それを追い払ったゴブオのことも恐れて別れてしまったあの妖精たちのうちの、一人。

森に棲んでいる妖精が人里まで出てくることはあまりない。緊急事態だろうか。

「どうしたの？　何かあったの？」

「あのね、あなたとお話ししたいって妖精がいるの。だからあなたを捜していたの」

「……え？　私と？」

そうなの、と答えながら、小妖精がロザリアの周りをふよふよと飛ぶ。

「昨日のゴブリンは？　いないの？」

ゴブオのことを気にしているのだろう。やはりまだ怖いのかもしれない。

「今日は一緒に来ていないわ」

昨日の件があったから、今日は村長宅で留守番をすると言っていた。彼もまた、いまだに気にしているのだろうと胸が痛んだものである。

「そう……、いないの」

小妖精はホッとしたような困ったような、複雑そうな顔をした。

「それなら、あなただけでもいいわ。他の人間さんも一緒でいいから、とにかくあたしと一緒に来てちょうだい！」

髪を思いっきり引っ張られる。顔を顰めたリュカを制しつつも、ロザリアは彼女についていくことにした。

「こんにちは、〝妖精の乙女〟」

昨日の妖精の宴会場で待っていたのは、樹木の妖精ドリュアスだった。木と運命を共にすると言われている女性の姿をした妖精は、ロザリアを見ると穏やかに微笑んだ。

「初めまして、私はロザリアといいます。……私が〝妖精の乙女〟だとわかるのね」

「ええ、わかるわ。妖精にしか感じ取れないものだけれど、あなたが妖精女王から特別な許しを与えられていることは。……だから、そんなあなたにお礼を言いたかったの。それから、非礼を働いてしまったことへのお詫びも」

「非礼？」

「正確に言うと、あなたではなくあなたの友人の妖精に……なのだけれど」

「……もしかして、昨日一緒にいたゴブリンのこと？」

「ええ」

ドリュアスが申し訳なさそうに俯いた。

「彼は昨日、ここで私の友人たちが困っているところを、あなたと一緒に助けてくれたでしょう。そして私が宿るこの木のことも守ってくれた」

ドリュアスが示したのは、カラスに荒らされてしまった宴会場となっていた、木の切り株。そして、それと繋がる大きな木だった。

（なるほど。この木は、このドリュアスが宿っている木だったのね）

「あのままでは、私の友人たちも大切な宿り木も、傷を負っていたかもしれない。だからそれを防いでくれたあのゴブリンには、感謝しているのよ」

「感謝……」

正直、ちょっと意外であった。光の妖精であるドリュアスが、闇の妖精のゴブオに感謝の意を抱くだなんて。けれど妖精は嘘を吐かない。本心なのだろう。

「彼に伝えておくわ。とても喜ぶと思う」

「ありがとう、ロザリア」

それから、とドリュアスが森の奥の方を指した。

「非礼のお詫びに、何かお役に立てないかと思って。あなたたち、この辺りで妖精が関わる異変が起きていないかどうか、気にしていたわよね？」

「それはそうだけれど……、どうして知って……？」

「私はこの森に根を下ろして長い妖精。森と、そしてこの大地と繋がるラクースの村で起こったことは、大抵耳に入ってくるものよ。その中で交わされた会話もね」

確かに、長く生きている妖精ならそういうこともあり得るのだろう。感心すると共に、ドリュアスがわざわざロザリアの目的について触れた理由に、もしやと期待に胸が騒ぐ。

「……何か知っているのね？」

「知っているというほどのものではないの。気になったことがある、というだけだから」

「教えて、どんなことでもいいから」

些細なことだとしても、リュカを守るための情報に繋がりそうならなんでも欲しい。

ドリュアスがすらりと伸びた指で示した先で、木々の葉がさわさわと揺れる。まるで、こっちにおいでと言わんばかりに。

「この先にね、湖があるの」

「湖？　湖があるなんて聞いていないわ」

四人を振り返るが、皆も初耳だという顔をしていた。

「ラクースの村人も近づかない場所なのよ。だから人間に知られていないのだと思うわ」

「そうだったの。……それで、その湖が何か？」

　ドリュアスが静かに目を伏せた。

「二日前から何度か、湖の空気が大きく動いているの。詳しいことはわからないけれど、もう何百年も湖の匂いがしてくるなんてことはなかったものだから、気になってね」

「二日前から……」

　その日は村に結界魔法が張られた日だ。長く棲む妖精が数百年ぶりに感じた異変が、ちょうど二日前から起きている――これは、ただの偶然と捉えてはいけない気がする。

「……あの湖には、もう長いこと棲みついている妖精がいるのよ」

「妖精が？」

「滅多に外には出てこない妖精なのだけれどね。でも、あの空気の揺らぎ……。彼女が外に出たのじゃないかと思って」

　核心に迫っている気がして、鼓動が騒ぎ出す。ロザリアは慎重に問いを重ねた。

「あなたはその妖精と面識が？」

「ないわ。森と湖では、関わりを持つことがないもの。私も彼女も自分の領域から出ることはまずないから、尚更ね。だけど知ってはいる。そういう妖精がいるのだということは、同じ妖精としてわかるものなのよ」

「じゃあ、どんな妖精かもわからないのね」

ドリュアスが深く頷いた。正体まではわからない。だがドリュアスは彼女と言った。ということは、女の姿をした妖精なのだろう。

「わかったわ。後はこちらで捜してみるわね。教えてくれてありがとう」

ドリュアスはどこか寂しそうに微笑んだ。

「あの日から、この森も含んだ結界が張られていることは知っているわ。妖精はあまり外界とは接しない生き物だから然程困りはしないけれど、人間は違うでしょう。窮屈なままでは村人たちが可哀相だわ。どうか事を荒立てることなく、無事に収めてちょうだい」

村人のことを慮る言葉に、ドリュアスが長年この地を愛してきたのだろうということが伝わってきた。それと同時に、〝妖精の乙女〟であるロザリアにだからこそ託したのだろう、ということも。

だからロザリアは、ドリュアスを真っ直ぐ見て答えた。

「ええ。必ず解決してみせます」

リュカを守るという目的はもちろんだが、〝乙女〟の責務もしっかり果たす。改めてそう心に誓った。

ドリュアスに教えてもらった湖は、かなり森の奥深い場所にあるとのことだった。

「結構歩いたな。これなら確かに、湖があるなんて外部の人間には気付かれないだろう。

村人がわざわざ来るような距離でもなさそうだし、知られることはないんだろうな」

「図書室の資料にも、湖については全く言及されていなかったと記憶しています」

オスカーに続いてリュカが言った。歴代の研修旅行でも発見されなかったような場所ということは、ますます続編シナリオの核となる妖精がいる可能性が高くなってくる。

（出来ることならばさっさとかの妖精を見つけ出して、シナリオ展開を無視してこれ以上何も起こさせないまま、エンディングに突入したい……！）

一人別の方向に闘志を燃やしながら、ロザリアは木々に囲われた道を行く。奥に進むにつれて人が通れるような道ではなくなってきたが、リュカが邪魔な小枝を避けたり、足を絡めそうな下草が前方にある時はしっかりと声かけをしてくれるおかげで、今のところ特に苦労せず歩き進められている。

後方のサラとオスカーとミゲルは、かなり苦戦しているようだが。

「……あ、景色が変わってきたわ。――湖よ！」

森の外れまで出ると、一面に湖が広がっていた。かなり広い。太陽の光を反射してキラキラと光る水面の輝きは、今まで薄暗い森の中を通ってきた自分たちの目には少々刺激が強すぎるくらいだ。

「想像していたよりも広くて綺麗だな。地図にも載っていないなんて、勿体ない」

「それなりの理由があるんでしょうね。ここに棲んでいる例の妖精が、この湖を知られたくないと思っているのかも」

妖精は自らの気配を消すことが出来る。長い時——ドリュアスの話から察すると数百年もこの地で過ごしてきた妖精なら、もはや湖と一体化していると考えてもいいだろう。となると、自分と湖の気配をまるごと人の意識に上らないようにすることも可能なはずだ。

「……静かですね」

リュカの声がぽつりと響いた。

「……そうね。何もない」

あるのは太陽を反射する湖面と、その周りを囲む森だけだ。動物の気配もないせいか、ただ静寂のみが広がっていた。

「妖精はどこに……」

「ロザリア様、あっちの方に小さい子たちがたくさんいます！」

サラの視線の先を見ると、ちらほらと妖精の姿が見えた。しかしどれも小妖精の類だ。例の妖精はドリュアスのようにしっかりとした実体を持つ妖精であると考えられるので、ロザリアたちが捜している対象ではないだろう。

それでも、と小妖精たちが集まっている方向へ足を向ける。

「ここに馴染んでいる妖精には違いないでしょうから、話を聞いてみましょう」

ロザリアの提案に、リュカたちが続く。何か見つからないかと湖面や水の中を覗き込みながら、湖の際を歩いていく。

「本当に広いわね。深さもかなりありそう」

　何気なく呟くと、リュカが何を心配したのかロザリアの袖をくいっと引いた。

「リュカ？」

「……いえ。そのまま足を踏み入れてしまいそうに見えたので」

「やだ、さすがに飛び込んだりはしないわよ」

「確かに、ロザリアならしそうだよなぁ」

　あははと笑うミゲルを眉をピクリと上げて睨む。

「ちょっと、私をなんだと思ってるのかしら」

「だってさ、もしもリュカがあの湖に引き込まれたー、なんてことになったら、無我夢中で泳いででも助けに行きそうじゃんか」

　咄嗟にその状況を頭の中で思い浮かべる。湖から突如波が起こり、それに攫われていくリュカ。助ける唯一の手段は、泳いで追いかけることだとしたら――……。

　ロザリアはカッと目を見開いた。

「泳いでいくわよ!!　そんなの当たり前でしょう⁉」

「当たり前なのか⁉」

　大声で答えると、オスカーが信じられないとでも言いたげに声を上げた。

「リュカを助けるためなら当然よ」

「ロザリア様、絶対にそんなことはしないでください」

リュカが硬い声でそう言ったが、ロザリアは「いいえ」と首を振る。

「私はあなたのためならなんでもするわ」

「それは私の台詞です。貴女を守ることが、私の使命なのですから」

「でもね、リュ——……」

その先は言葉が紡げなかった。リュカが、眉をギュッと寄せて苦悶に満ちた表情をしていたからだ。

(え……何？　どうしてそんな苦しそうな顔を……？)

だがその理由を確認することは出来なかった。歩いているうちに、小妖精の集団がいる場所に辿り着いてしまったからだ。

「おやぁ？　人間だ！　珍しい！」

「何年ぶりだ？　いや、何百年ぶりだ？」

花びらや葉を身にまとった小妖精たちが、興味深そうにロザリアたちの周りを飛ぶ。くんくんと匂いを嗅いできた妖精が、「妖精の匂いがする！」とロザリアの髪に飛びついた。

「こんにちは、良き隣人さんたち。お邪魔してごめんなさいね。楽しそうに飛んでいる姿が見えたから、つい気になっちゃって」

「えへへ、いいよぉ〜。人間を見るのは久しぶりだから面白いなぁ」

人が立ち入らない土地に棲む妖精なので、警戒されるだろうと思っていたのだが杞憂だったようだ。「こっちの人間からも妖精の匂いがする！」「こっちも！」と、ロザリアと同じく妖精族の血を引いている他の皆の元にも、妖精たちが飛んでいく。

そしてもちろん、リュカにも。

「こっちの人間はとってもキラキラしていて綺麗だわ！」

小妖精の中には少年と少女、それぞれの性別の見た目のものがいたが、少女の姿をした妖精たちがこぞってリュカに集中していた。

「本当ね、綺麗！」

この面子の中でリュカだけが妖精族の血縁ではないが、その容姿は最も妖精たちが好む要素で出来ているのだ。輝く金髪に緑色の瞳、そして見る者をハッとさせる美しさ。リュカは文句なしで条件を揃えているのである。

「ふふ……さすがリュカだわ」

「どうしてお前が勝ち誇った顔をしているんだ」

オスカーの呆れ顔を無視し、ロザリアは自分の髪にくっついている妖精に話しかける。

「ねぇ、この湖には古くから棲んでいる妖精がいると聞いたのだけど、あなたたちのお知り合いだったりするかしら？」

小妖精たちは「んーん」と揃って首を横に振った。

「長ーく棲んでる妖精がいることは知ってるよ。でも、喋ったことはないなぁ」

「あの子は外に出るのが嫌いで、ほとんど出てこないって聞いたよぉ」

ドリュアスの話の通りだ。この湖の領域ですら、姿を見せないのか。

「そう……。その妖精に会いたかったのだけど、難しいのかしらね」

「そうだねぇ。こっちから会いに行くのは難しいかも」

「どうすれば会えるか、知っている？」

「うん！」と妖精たちが元気よく頷く。彼らが指を差したのは湖の奥の方、水が一際濃い青色をしている辺りだった。

「あそこに小島があってね、あの子はそこに棲んでるんだよ」

「小島？」

「そぉ！　お月様が綺麗に見える夜にだけ、あの場所に小島が浮かんで入り口が開くの。あの子はその時にしか出てこないし、会うことも出来ないって聞いたことがあるよ」

島の影なんて全くなく、太陽を反射するだけの水面を見つめる。

（月が綺麗に見える夜、特定の条件下で現れる小島……）

その特別感が、《おとかね》にとって重要な妖精がいる場所なのだという確信を強める。

もうロザリアの中では、その妖精こそが《おとかね》のキーキャラクターだろうという結論に至っていた。となれば、後はその妖精に近づかなくてはならない。

（……でも、今は昼間だから無理よね）

　夜にまた来るしかないだろう。それも、月が綺麗に見える夜に。しかし、暗くなってからあの森の中をここまで来るのは骨が折れそうだな、と思案していると、髪にくっついている小妖精がロザリアを引っ張った。

「ねぇ、人間さん。今から宴をするのよ。招待してあげる！」

「まあ、いいの？」

「いいよー！」と妖精たちがキャハハと笑う。本当は調査に専念すべきなのだろうが、せっかく妖精から歩み寄ってくれた機会を無下にはしたくない。ロザリアは他の四人に目配せをし、喜んで混ぜてもらうことになった。

「久しぶりの人間の客人に、かんぱーい！」

「かんぱーい！」

　妖精たちが自分たちサイズの杯を持ち上げるのを、微笑ましく眺める。ロザリアたちも休憩用に軽食を用意していたので、手早くリュカが用意してくれたそれをいただくことにした。リュカが敷いたハンカチの上に腰を下ろし、妖精たちが飛んで踊る姿を眺める。

「平和な光景だな」

　木の上の妖精たちが木の実でキャッチボールを始めたのを眺め、オスカーが言った。

「そうね。あの小島の妖精が、このどんちゃん騒ぎに興味を引かれて外に出てきてくれるような妖精だったら、良かったのだけど」

外に出るのが嫌いだというのだから、それは期待出来ないだろう。けれど、こうして妖精と交流することも大事なのである。今はトラブルの最中にあり研修云々言っている場合ではないのだが、自分たちは妖精が見える力を持つ者として、人と妖精の共生を守っていく役割も担っているのだから。

妖精たちの楽しそうな姿を微笑ましく観賞していると、ロザリアの髪にぶら下がっている妖精がふいに歌い出した。それに合わせて、周囲の妖精たちも思い思いに歌い出す。

妖精たちの音楽や踊りには、決められたステップもメロディーもない。彼らはいつだって自由で、気の向くままに行動を起こすのだ。

だから今聞こえてくる曲も、ロザリアが聞いたことのないものだった。それでもなんだか心を浮き立たせるような不思議な旋律に、つられてハミングしてしまう。

「あら、人間さん。いい声をしてるわね」

「ロザリアよ。あなたたちには及ばないけれど」

「ロザリア、一緒に歌いましょう！　さ、あなたも立って！」

小妖精たちに背中を押され、立ち上がる。歌い踊る妖精に並び、ロザリアもでたらめなメロディーを口ずさんでいく。

（ああ、なんだかすごく胸が弾むわ。きっとこのメロディーには、楽しい気持ちを高める魔法がかけられているのね）

光の妖精ならではの魔力だ。害のないものだとわかるので、ロザリアも抱える不安を一時忘れて一緒に歌う。

それを見守る男性陣が、熱心に自分へ視線を注いでいることにも気付かずに。

「ロザリア様、とっても綺麗な歌声です……！」

サラが拝むように両手を合わせ、瞳をウルウルさせながら感想を述べてくれるものだから、ロザリアはちょっと恥ずかしくなってしまった。

「サラ、よかったらあなたも一緒に歌いましょう」

「い、いいえそんな！　私なんかがご一緒するのは……！　というか、私はロザリア様が歌うお姿を見ていたいのです……！」

丁重にお断りされてしまった。ならば、とリュカの方を見る。

彼はとても柔らかい表情でこちらを見ていて、その眼差しの優しさに胸の奥がきゅうんと鳴ってしまう。

「ではリュカ、あなたが一緒に歌ってくれる？」

しかし、やはりリュカも眉尻を下げて固辞した。

「いいえ、私はロザリア様のようには歌えませんので」

「あなたなら、きっと歌も上手だと思うわ」

リュカは見目だけでなく声も良い。この甘いボイスで歌われてしまった日には自分の心臓がどうなるかわからない、と思いながらもロザリアは続ける。

けれど、リュカは立ち上がりはしなかった。

「私は貴女の楽しそうな姿を見ていられるだけで、胸がいっぱいなのです。もっと堪能させてくださいませ」

熱を込めて言われてしまったら、もうそれ以上は誘えなかった。

残念だと思っていると、ロザリアの髪で遊んでいた妖精たちが、毛先に引っついたままふわりと飛び上がった。摑まれたままの髪も自動的に持ち上げられてしまい、髪の毛が逆立ったような形になってしまう。

「あっ、こら。もう」

そのまま右に左にと跳ね回るものだから、髪もぐるんぐるんと引っ張られてしまう。恐らくレディにあるまじき状態になっていることは予想出来たが、ケラケラ笑いながら楽しそうにしている彼らを見ると、怒る気分にはなれない。

視界を深紫色が飛び交うのを見ながら嘆息すると、リュカが眉を顰めて手をこちらに伸ばし、妖精たちを離そうとしているのを感じ取った。

「いいのよ。好きにさせてあげて」

納得いかなそうな顔をしたものの、リュカは手を引っ込めてくれた。ロザリアの髪の手入れには並々ならぬこだわりを見せている彼にとって、この状態は黙っていられないものだったのだろう。それでもロザリアの意志を尊重してくれたことに感謝する。

一方、ミゲルがまたもやくっくっと笑いを堪えているのと、サラがハラハラしながら状況を見守っている姿も目に入った。口に出さずにいるのは、妖精たちがあまりにも楽しそうに笑っているからそれを邪魔しないように、との配慮だろう。

だが、そんな四名の我慢を台無しにしたのはオスカーだった。「ふははっ」と王子らしからぬ様子で思いっきり噴き出したのである。

「……笑ったわね」

「……いや、だってお前それ……。すごいことになってるぞ、頭」

「言われなくてもわかってるわよっ」

皆があえて口にしていなかったのに、これである。どうして余計なことを言ってくれるのかと軽く睨んでやると、オスカーは思いのほか顔をくしゃくしゃにして笑っており、ロザリアは思わず二度見してしまった。

（え、めっちゃ笑ってるんですが⁉）

ゲーム内でも見たことがないような大笑いであった。《おといず》一のツンデレとして名を馳せていたオスカーは、笑ったとしてもはにかむような笑みしかスチルで描かれたことがなかったというのに。だが彼は今、ロザリアの前で口を大きく広げて笑っている。

「さすがにその頭はないだろう……ははっ」

言っていることはだいぶ失礼な内容だが、思わぬ彼の一面にロザリアは見入ってしまった。そんな主人の代わりに叱責の声を上げたのはリュカだった。

「オスカー様。レディに対して笑い飛ばすなど、無礼にも程があると思うのですが」

「す、すまん。あまりにもひどくて……メドゥーサかと」

「し、失礼ねっ！」

珍しく素直に謝ったオスカーだが、反対にロザリアはその失礼発言によって火が点いた。

当然、リュカもである。

「本当にデリカシーのない方ですね。そんなでは、社交界のご婦人たちからも目を背けられてしまいますよ」

「言うじゃん、リュカ」とミゲルが感心する横で、オスカーがなぜか頰を赤く染めた。

「お、俺は別に、社交界のご婦人方にどう思われようが、たった一人に見てもらえれば」

(ん？)

その瞬間、オスカーがこちらを見た——ような気がしたが、目の前にスッとリュカが立って視界を塞がれたので、気のせいだったのかもしれない。

「なるほど、無垢さをアピールしてきましたか」

リュカの低い声と、オスカーの「おいっ」という声が被さった。

「想定外の攻め方ですが、思うようにはさせませんよ」

「リュカ？　何をぶつぶつ言っているの？」

「なんでもありませんよ、ロザリア様」

振り返ったリュカは、いつもの爽やかな笑みを浮かべていた。

「……そう？　ならいいのだけど――……、っ⁉」

突然、強い視線を感じ、ロザリアは咄嗟に振り向いた。

「ロザリア様？」

リュカの呼びかけに答えるよりも、周囲を見回す。

（何かしら。強い――とても強い視線。誰かが、真っ直ぐこちらを見ている）

ピンと張り詰めたような冷たい視線が向けられている。あまり良いものではない。直感がそう告げていた。

視線の主を捜そうと首を巡らす。妖精たちの集まり、湖面、周囲の森――。

だがロザリアの集中力はそこで途切れた。髪で遊んでいた妖精たちが急に勢いよく動いたせいで、髪を強く引っ張られたからだ。

「きゃっ。ちょ、ちょっと」

余程ロザリアの髪を気に入ったのか、妖精たちは毛束に包まったまま、先程よりかなり過激に飛び回り始めていた。ついには完全に視界が髪で塞がれてしまい、ロザリアは足元のバランスを崩してしまう。

（しまった、倒れる――……！）

　身体が後方に傾いだ。このままだと背中を思いっきり地面に打ちつける。でも下は芝だからそこまで痛くないだろうか、いやいやそれでも痛いもんは痛いだろう――と瞬時に脳内で意見をぶつけるロザリアの耳に、二つの叫びが届いた。

「ロザリア様！」

「ロザリア！」

　バチン！　ドスン！

　二種類の音がその場に響き渡った。

「……っ？」

　結果として、ロザリアにはなんの衝撃も起こらなかった。いつの間にか瞑っていた目を恐る恐る開けると――リュカがロザリアを抱え込むように下敷きになっていた。

「リュ、リュカ――ッ！　ごめんなさい！」

「いえ、ロザリア様。私は大丈夫です。それより……」

　ロザリアを身体全体で抱え込むリュカは、神妙な面持ちでロザリアの後方を見ていた。ロザリアがその視線を追うと、ロザリアを庇うようにしてオスカーが立ちはだかっていた。

「え……」

オスカーの足元には、硬そうな木の実が転がっている。そして彼は、手をさすりながら少し離れた木の上に向かって声をかけた。

「ちゃんと方向を確認して投げないと、危ないだろう。当たったら少しの怪我じゃ済まない可能性もあるんだぞ」

「ごっ、ごめんなさぁい！」

オスカーが話しかける先で、妖精たちが顔を出して謝罪した。彼らは先程まで、木の実のキャッチボールをしていた妖精たちだ。それを見たロザリアは何が起きたのか察した。

（……まさか）

「オスカー……、あなた今、庇ってくれたの？」

赤くなった手を押さえながら、妖精を窘めるオスカー。嗜められて身を竦める、木の上の小妖精の姿。つまり、誤ってこちらに向かって投げられた木の実のボールから、ロザリアを守ってくれたのだろう。

「庇うというほどのものでは。お前に当たったらたいへんだろう」

なんの気なしにオスカーは返したが、ロザリアの胸には嬉しいという気持ちが生じた。

ゲーム上はすこぶる仲が悪いという設定だったオスカーが、大怪我に繋がりそうなものではないとはいえ、こんなふうにロザリアを守ってくれるようになるなんて想像もしていなかったからだ。

「……あ、ありがとう、オスカー」

「……別に、大したことではない」

素直にお礼を言ったことで照れくさくなったのか、オスカーが耳まで真っ赤にしてそっぽを向いた。悔しいことに、その様子はちょっぴり可愛かった。

「それより、お前たちは大丈夫なのか？」

オスカーに問われ、ロザリアは飛び上がった。

「そ、そうよリュカ、あなたも庇ってくれてありがとう。そして下敷きにしちゃってごめんなさい……って、ぎゃ――っっっ⁉」

思わず大声を上げてしまう。なぜなら、ロザリアがバランスを崩した先が悪かったらしく、木の枝が積み重ねられた場所に倒れ込んでしまったようなのだ。そのせいで、尖った枝がリュカの身体を傷つけていたのである。

「ち、血！　血が出てるわよリュカ‼」

衣服に守られていない手の甲の肌が、枝によって切り裂かれていた。推しの血を前にして、ロザリアの血の気が引いていく。

「たたたたいへんよ、止血しなきゃ！　ハ、ハンカチ……！」

パニックになりながらハンカチを取り出し、覚束ない手で縛る。

「ロザリア様、ほんの掠り傷です。ご心配には及びません」

困惑したリュカの声に、ミゲルが少々呆れたように続ける。

「そんなに大袈裟な怪我じゃないじゃん。落ち着けよ、ロザリア」

「血が流れてるのよ⁉　これが落ち着いてなんていられますか！」

噛みつくように返すとミゲルが怯んだ。

（あああ、なんてことなの！　私のせいでリュカに血を流させてしまうなんて……！）

傍から見たらちょっと血が出ているだけかもしれないが、リュカを全ての危険から守りたいロザリアにとっては重大な失態だった。縛り終えた手をぎゅっと握り込むと、されるがままだったリュカが、今度は力強くロザリアを抱え直す。

「ご心配いただきありがとうございます。では次は、私に貴女の心配をさせてください」

「へっ？」

リュカはロザリアをしっかりと横抱きにし、傷一つ見逃さないと言わんばかりに、ロザリアの全身を検分するように眺めた。

「だ、大丈夫よ。本当に……なんともないから。あなたが守ってくれたもの」

「いいえ。私は今、あなたを守りきれなかった」

「何を言っているの。私を抱きかかえて守ってくれたでしょう」

けれど、リュカは険しい顔をしたまま首を振り、苦しそうな息を吐いた。

「……とにかく。私なんかのことより、貴女の身体を一番に大事にしてくださいませ」

切実な表情で訴えるリュカに、何も言えなくなる。自分がリュカの小さな怪我すら許せないのと同じで、彼にとってもそうなのだという想いが伝わってくる。

リュカが懐から取り出したブラシでロザリアの髪を梳かし始めると、木の実を投げていた妖精たちがふよふよと近寄ってきた。

「ほんとにごめんねぇ」

「大丈夫よ。あなたたちに悪気がなかったことは、わかっているから」

励ますように言いながら、ロザリアは妖精たちをじっと見つめた。

（さっきの強い視線は、この子たち？）

わからなかった。妖精が悪戯や悪意ある行動をする時、小さな身体でも大きな力が働くことはある。けれどこの子たちは、わざと投げてきたのではなかった。ということは、そこに悪意はなかったのだ。

（だけどさっきの視線には、ほんの少し良くないものを感じたわ）

となると別の者からのものだったことになるが、その視線の気配はもうすっかり消えてしまっていたため、ロザリアにはこれ以上わからなかった。

「もういいから、宴を続けてちょうだいな」

ロザリアはひとまず妖精たちにそう声をかけた。だが、気を取り直して落ち着いた空気になりつつある中、リュカだけは違った。

「……リュカ?」

「……はい」

呼びかけるとリュカは咄嗟にいつもの笑顔を作ろうとしたが、彼の表情に些細な翳(かげ)りが見えたことをロザリアが見逃すはずもなかった。

「リュカ、どうしたの?」

「何がですか?」

「とぼけないで。もしかして、まだ他に痛めたところがあるの?」

先程リュカがしてくれたように、ロザリアも彼の身体中に目を走らせる。その手をリュカがそっと取り、優しく握り込んだ。

「……リュカ?」

「本当に、なんでもありませんから」

なんでもある顔をして、リュカはそう言った。

「結局、大きな成果は得られなかったわね」

その夜、村長宅へ戻ってきたロザリアは、食後の紅茶の相手に立候補してきたサラに対してそう零した。

「でも、湖の妖精さんの情報は手に入ったじゃないですか」

「そうね。でも、会えないことにはなんともね」

「お月様が綺麗に見える夜にしか会えない、ですか……。今日は……駄目そうですね」

窓の外を見て、サラが残念そうに呟く。

「そうなのよ」

昼間は晴れていたのだが、湖からの帰り、森へ一歩入ったあたりで急に雲行きが怪しくなったのだ。そうして今は、ざあざあと雨が降っているのである。

（こうして時間は刻一刻と過ぎていってしまうのに、動けないのがもどかしいわね）

だが、妖精は決まり事を重んじる。その妖精の棲処が〝月が綺麗に見える夜にしか現れない〟と決まっているのなら、今からもう一度湖に行ったところで会えはしないだろう。

「明日行くしかないかしらね」

「でもロザリア様、明日は新月ですよ」

「え、そうなの？」

はい、とサラが頷く。

（新月――月が見えないということは、小島が現れる条件の〝月が綺麗に見える〟が満たされない。ということは、明日もその妖精には会えない……）

「明後日からなら、また少しずつお月様も見えるようになりますけど、見えてもたぶんとても細い形ですよね。満月とかじゃなくてもいいんでしょうか？」

「恐らく月が見えることが条件なのだろうから、形はなんでもいいんだと思うわ」

（となると、何かアクションが起こるのは、月が見え始める明後日以降かしら）

　どこまでシナリオに沿って進んでいるのか不明だが、キーキャラクターだろう妖精の棲処にわざわざ出現条件を設定したということは、その条件が適用される日にイベントが起こると思っていい。つまり、月が見える日まで何も起こらないだろうと考えられるのだ。

　けれど同時に、条件が揃う日にならなければこちらから妖精に会うことは叶わないということでもある。先手を打ってこちらから会いに行き、リュカに危険が及ぶ前に解決、としたかったのに。

「お兄様や攫われた村人たちも、どうしているか心配よね」

「妖精さんがただ連れ去っただけで、何もしていないといいのですが……」

「闇の妖精はいないはずだから、無闇に人間を傷つける目的ではないと思いたいわ」

　うーん、と二人で悩ましい溜め息を吐いていると、開けっぱなしにしてある扉の前を、ちょうどオスカーが通り過ぎようとした。キョロキョロと探るように辺りを見回しながら歩いている姿は、なんというか、とても怪しい。

対するオスカーもこちらに気付き、ロザリアたちがいる室内を見回してから入ってきた。

「ここにいたのか、ロザリア」

「何してるの、オスカー。まるで不審者よ」

「お前を捜してたんだ、仕方ないだろう」

「私を捜すのにどうして不審者になる必要が？」

「不審者不審者言うな。いいからちょっと時間をくれ。場所を移動して話がしたい」

背後の廊下を確認するように振り返ったオスカーが、緊張した面持ちで言った。

「なぜ？　ここで聞くのでは駄目なの？」

「ここは……駄目だ」

ちらりとサラを見て、オスカーが唸った。他の人がいると駄目ということだろうか。そしてそんなオスカーを見て何を思ったのか、サラは「あっ」と両手で口を覆った。

「そんな……いけませんオスカー様！　例えオスカー様であっても抜け駆けだなんて！」

「なんの話？」

ロザリアは首を傾げたが、サラとオスカーの間では話が通じたようだ。オスカーが「落ち着け、ベネット嬢」と手を上げる。

「イヴァンが呼んでいた。今日のレポートに不備があり、このままでは受け取れないと」

「えぇっ、またですかぁ！」

「サラ、あなた本当にレポートを書くのが苦手なのね」

見事イヴァンを感心させたレポートスキルを伝授してあげたいものだ。サラはうぅ、と涙ぐみ、渋々立ち上がった。

「ロザリア様、途中で席を立つご無礼をお許しください。ちょっと行って参ります……」

しょんぼりした背中のサラが去っていった。残ったのはロザリアとオスカーのみである。

「……これなら、ここで話を聞いてもいいかしら？」

「いや、駄目だ」

スパッと否定されてしまう。

「どうして？」

「あいつは――リュカはどこにいるんだ？」

「そこの厨房よ」

開いた扉の向こう、廊下を挟んだ真向かいにある部屋を指し示す。彼は今、明日のロザリアと妖精の分のお菓子作りのために、下準備をしているところなのだ。

ロザリアが自分の客間ではない場所でこうしてお茶をしていたのは、リュカと極力離れたくないがためだったのである。それゆえに扉も開けっぱなしにしており、彼の姿を逐一確認出来る状態を維持していたのだった。

「そうか。でも念のため、離れた場所へ行きたい」

「あら、駄目よ。私はここから一歩も動かないわ」

そのためにここにいるのだから。本当は片時も離れたくなかったのだが、厨房に棲みついている妖精がリュカを気に入ってしまい、ロザリアが入っていくと怒り出すから仕方なく出てきたのである。

「少しでいいんだ。五分でいい」

「五分⁉　五分もリュカの傍を離れてなんていられないわ！」

強く返すと、オスカーが苦虫を噛み潰したような表情をした。

「お前……、五分くらい離れていることはあるだろ。一日生活していれば……」

それはそうだ。ロザリアとリュカには性別という絶対的な違いがあるのだから、湯を使う時なんて確実に五分以上は離れ離れになる。

「そりゃあね。でもそういう時は、強力な助っ人を呼んでいるのよ」

「助っ人？　じゃあ今もそいつを呼んでくれ」

「駄目なのよ。このお宅の裏庭に良い場所を見つけたとかで、遊びに行っちゃったきり戻ってこないんだもの」

「裏庭？　遊びに？　……その助っ人って、何者だ？」

「何者も何も――……」

「なんだ、オイラのこと呼んだか？」

ヒョコッと緑色の影が飛び出した。

「ゴブオ！　お帰りなさい」

そう、このゴブオこそがリュカ監視に多大なる貢献をしてくれている、強力な助っ人なのである。

「ああ、なるほど……。お前が一緒にいられない時は、彼に見張らせているのか」

「そうよ」

ロザリアが得意げに胸を張ると、ゴブオも同じポーズをした。

「オイラは相棒の頼みならちゃんと聞いてやれる男だからな！」

「いつの間に相棒になったんだ……？」

オスカーがやや困惑した呟きを漏らしたのを聞き流し、ロザリアはゴブオに尋ねた。

「雨が降っているのに戻ってこないから、心配したのよ。……あら？　でも全然濡れていないわね」

音からするに結構降っているはずだが、ゴブオの身体には雨粒一つついていなかった。

「オイラがいたのは妖精の領域だったんだ。そっちは雨なんか降ってなかったからよ」

「なるほどね」

妖精の領域は至る所にある。特にこのように自然に囲まれた田舎の村なんかは、あちこちにその空間が存在しているのだ。

そしてそういった領域は、妖精の特殊な魔力が満ちているためか、そこだけ時間の流れが異なる場合がある。だからゴブオがいた場所は、まだ雨が降っていなかったのだろう。

「濡れなかったのなら良かったわ」

「オイラは別に、濡れたってなんてこたぁないけどな」

と言いつつロザリアが気にかけたことを嬉しそうにはにかむ。可愛いゴブリンである。

そんな友人を笑顔で眺めていると、オスカーが気を取り直すようにコホンと咳払いした。

「助っ人が戻ってきたならいいだろう？　五分だけ付き合ってくれ」

「……そうは言っても」

「五分だ」

オスカーが食い下がる。本音を言うと、自分自身がリュカの傍にいたかったのだが、目の前のオスカーの必死な様子にロザリアも折れるしかなかった。

「……わかったわ。五分だけよ。ゴブオ、リュカの傍にいてくれる？」

「おう、任せろ」

ニッと笑った相棒に後を任せ、ロザリアは早足で歩くオスカーについていくことにした。

「お、これはハーブのビスケットを作る準備か？」

リュカが菓子作りの下拵えをしていると、厨房内に突然小鬼妖精が現れた。ロザリアの友人——最近相棒に昇格したらしい、ゴブオだ。

「ええ、そうです。よろしければゴブオさんにも差し上げますよ」

「本当か⁉」

嬉しそうに笑う姿は、とても邪悪な闇の妖精には見えない。こうして近くで接してみると、闇の妖精も光の妖精と変わらないのだな、と最近つくづく思うようになった。両者の間を仲介しているロザリアのおかげだ。彼女の功績は本当に素晴らしいものがある。

「そうだ、昨日はありがとな。お前がオイラを励ましてくれるとは思わなかったよ」

「貴方はロザリア様の大切なご友人ですし、間違った行動はされていませんでしたから」

ロザリアに答えたのと同じように伝えると、ゴブオは「お前ほんと、ロザリアのことばっかだな」と笑った。

「当然です。私はロザリア様の従者で——……」

〝乙女の騎士〟ですから、と続けようと思ったが、声が出なかった。

「あ？　なんだって？」

心に落ちた翳りを悟られないよう、笑顔を作る。

「……いえ、何も」

「そういえば、良かったですね。ドリュアスの件」

かの妖精が感謝していた旨を、ロザリアは帰宅してからゴブオに伝えていた。それを聞き、恥ずかしげにしながらも嬉しさを隠しきれない様子だったゴブオを、ロザリアは微笑ましそうに眺めていた。その姿はまるで聖母のようだったなと思い返す。

「別に、褒められたくてやったわけじゃないやい」

ツンとした言い方だが、やはり喜びを隠せていない。ロザリアが今この場にいたら、またあの愛らしい微笑みを見ることが出来たのかもしれない、と少々残念に思う。

「……でもまぁ、人でも妖精でも、いろんなヤツと関わることもそんなに悪くねぇんだな、と最近思うようになったんだ。お前たちのおかげだな」

えらく真面目に語り出したゴブオに、リュカはテキパキと動かしていた手を止めた。

「それをロザリア様がお聞きになったら、喜ばれると思います」

「オイラはお前のことも嫌いじゃないぞ。妖精は勤勉なヤツを好むんだ。お前がロザリアに抱く忠誠心には、妖精として惹かれるものがある」

「そう……なのですか？」

そんなふうに受け取られていたとは、意外だった。

(忠誠心……か)

純粋で綺麗な忠誠心だけではなく、重度の執着心も備えていることは自覚しているので、苦笑してしまう。それと同時に、この頃リュカの心の中に渦巻くモヤモヤとした感情も、のそりと喉元に手を伸ばしてくる。

「なんだ、浮かない顔してんじゃねーか」

「……そんなことは」

ない、と言い切ることが出来なかった。なんとなく、人間ではなく妖精である彼だからこそ、少しくらい打ち明けてもいいのではないかと気持ちが緩む。

「……私はこのところ、立場に見合う働きが出来ていないな、と思っただけですよ」

「そうかぁ？　ロザリアの世話、いつもきっちりしてるじゃねぇか」

「お世話のことではないのですよ。それは従者として当たり前のことですから。私が気にしているのはそちらではなく――……」

〝騎士〟としての自分に、自信をなくし始めていたのだ。

昼間の一件を思い返すと、モヤモヤが増す。

(私はあの時――……)

しかし、そこでふと、なぜゴブオが今ここにいるのだろうと気になった。

　この妖精は、ロザリアに頼まれた時にリュカの前に現れるのだ。それは主に、女性である彼女が共に行けない場所へ自分が行く時なのだが、今目の前にいるのはなぜなのか。

（ロザリア様は向かいの部屋でお茶を楽しまれているはず。それなのにゴブオさんがわざわざ私の元にやってきたということは……ロザリア様が、場所を移動された？）

　しかもゴブオに見張りを頼むくらいだから、ちょっと席を外した程度ではないのだろう。

慌てて向かいの部屋を確認すると、やはり見える場所に彼女の姿はなかった。

「ゴブオさん、どうしてあなたがいるのですか？　ロザリア様は——どちらです？」

　嘘を吐くことが出来ない妖精は、もちろん素直に答えてくれた。

「頼まれたんだよ、お前の傍にいてくれって。ロザリアならあの蜂蜜色の髪の王子と一緒に、どっかへ行ったぞ」

　オスカーだ。リュカは珍しくも舌打ちをして、菓子作りの準備も放って駆け出した。


　ロザリアがオスカーに連れて行かれたのは、村長宅の裏口を出たところだった。

「ちょっと、なんで外なのよ。雨に濡れちゃうじゃない」

「屋根があるから平気だろう。室内だと誰に聞かれるかわからないから、我慢してくれ」

「一体何をそんなに人目を気にして――……」

言いかけて、ロザリアは思い出した。以前にも似たようなことがあったな、と。

(あれは確か、学園内で闇の妖精の悪戯騒ぎが起こっていた頃……。こんなふうに、リュカがいない時を見計らって来たオスカーに呼ばれたことがあったわ)

そしてこの男は言ったのだ。リュカが怪しいのではないかと。闇の妖精と通じているのではないかと。

(まさか……また何か疑っているの⁉ あの清廉潔白が服を着て歩いているようなリュカのことを⁉)

もしそうだとしたら、今度こそただではおかない。いくら元婚約者の王太子であろうと、肘鉄の一つくらいはお見舞いしてやらねばなるまい――そう臨戦態勢を取ったロザリアに、オスカーは何やら気まずそうに切り出した。

「……ロザリア。大事な話があってだな」

「なんとでもおっしゃい！」

古典的な攻撃の構えを取ったロザリアを前に、オスカーが呆れ顔になる。

「……もうちょっとムードを大事に出来ないのか？ お前は」

「ムード？ そんなもの必要ないでしょう。これから仁義なき戦いが始まるというのに」

「じんぎなき……、なんだって？」

「かかってらっしゃい。リュカの名誉は私が守るわ。どこからでも打ち負かしてあげる」

「どうしてリュカが出てくるんだ？　そしてなぜそんなに威嚇してるんだ。……俺はお前のことが好きだと言いたいだけなのに！」

「…………は？」

たっぷり十秒、沈黙が広がった。

「え……、今、なんて？」

「…………っ」

オスカーが顔を真っ赤にしてロザリアを見つめている。ロザリアは口をあんぐりと開けたまま、オスカーを凝視してしまった。

（……ああ、この顔見たことがある。前作の《おといず》ラストで、サラに告白する場面の立ち絵がこんな顔だったわ。ツンデレ王子が見せた特大のデレだって、ファンの間でそれはそれはもう騒ぎになって――って違う！）

「嘘でしょう⁉」

「嘘じゃない」

気まずそうにオスカーはハッキリと答えた。

「え？　いや……なぜに私？」

純粋な疑問が口から出た。少なくとも《おといず》上で、こんな場面は絶対になかったはずだ。いくらゲームとは違う現状になっているとしても、オスカーがロザリアのことを好きになるほどの何かがあったとは、到底思えない。

「お前は……変わっただろう。ものすごく」

「そ、それは……」

「正直に言うと、以前の——春より前のお前のことは、全く好意的に見られなかった。それどころか、嫌悪していたという自覚はある」

本当に正直な告白だった。そう言われても仕方がないくらい、ロザリアが悪女だったわけなのだけれど。

だが正直すぎるゆえに、彼が冗談を言っているのではないのだともわかる。

「婚約は、家柄を重んじて決められたもの。王子として生まれた俺は、それに異を唱えることはするまいと思っていた。例えお前を好意的に見られないとしても、それが政略結婚というものだからな。……だが、急に人が変わったようなお前を見ているうちに、考えが変わっていった」

オスカーが真っ直ぐにロザリアを見据えた。

「何があったのか知らないが、妖精にも人にも善意を持って接するようになったお前の姿は……、俺の中で、段々と眩しくて美しい存在へとなりつつあって……」

オスカーの真剣な空気に飲まれそうになりながらも、ゴクリと唾を呑む。

「それで、その……、妖精と時に真摯に、時に無邪気に接するお前を見る機会が増えていくうちに、お前に好意を抱いているのだと、認めざるを得なくなっていった」

照れくさそうにしながらも、オスカーはロザリアから目を逸らさない。だからロザリアも見つめ返すしかない。

「お前が〝妖精の乙女〟になったことで婚約の件は白紙になったが、俺は諦めていない。お前に相応しい男となるよう努め、改めて婚約を認めてもらえないか妖精女王に直談判したいと考えている」

「…………」

（な、なんじゃそら～～～⁉）

それが率直な感想だった。一度撤回された婚約を再び望むだなんて、相当な覚悟がないと出来ないはずだ。ましてや妖精女王相手にだなんて。

「オ、オスカー。……えっと」

「だからお前にも、そのつもりでいてほしい。俺がお前をそういうふうに見ているのだということを、理解していてほしい」

「……っ」

真摯な瞳に、唇を噛む。本気なのだ。オスカーは本気で、ロザリアに好意を寄せてくれているのだ。

(でも、私は)

「……私があなたの気持ちを受け入れられる日は来ないわ」

自分の心の向かう先は決まっている。この世にたった一人しかいないのだ。

「だから……ごめんなさい」

「リュカか」

名指しされ、顔が熱くなる。オスカーは苦い顔をしていた。

「俺が言うまでもないことだが、あいつは従者だろう」

「身分なんて関係ないわ。そもそも彼は〝乙女の騎士〟なのだし」

その称号は身分よりも強い効力を持っているのだから。

「それはわかっている。俺が言いたいのは、そういうことじゃない」

「どういうこと？」

「お前のリュカに対する気持ちは、本当に恋情なのか？」

「……え？」

「お前を見ていると、そうは思えない。リュカのことは、庇護する対象として見ているようにしか思えない。だからあいつの気持ちに応えようともしない」

その言葉は、ロザリアの胸に深く刺さった。心臓がおかしなリズムで動いている。

「何を……言って」

「あいつも気付いていると思うがな」

「そんな、ことは」

　声が掠れる。冷や汗が背中を伝っている。

　そんなロザリアに、オスカーが一歩詰め寄った。

「一度、しっかり考え直すべきじゃないか？　その上でさっき俺が言ったことも、受け止めてほしい」

「オスカー、私は」

「すぐに答えを出せとは言わない。じゃあな。時間を作ってくれて感謝する」

　ロザリアの言葉を遮るように、オスカーはその場を去ってしまった。

（どうして急に……こんな展開に）

　混乱していると、近くで砂利を踏む音がした。顔を上げると、そこには雨の中ずぶ濡れで立つリュカがいた。その表情はいつになく暗く、どこかぼうっとした様子で、普段淡く煌めいている萌黄色の瞳も翳っている。

「リュカ!?　何してるの、そんな所に突っ立って……！」

　一瞬、オスカーとの会話を聞かれていたのかという考えが頭を過ったが、それよりも彼が濡れ鼠状態になっていることの方に気を取られた。慌てて屋根の下から踏み出すと、リュカがハッと姿勢を正し、ロザリアを濡らさないようにと駆け寄ってきた。

「いけません、ロザリア様。お身体が濡れてしまいます」

「それはこっちの台詞よ！　どうしてそんなにずぶ濡れなの、早く中へ入って！」

腕を引き、裏口から中へ入る。肩にかけていたストールをリュカの頭に被せ、濡れた髪をガシガシと拭いていく。

「ロザリア様、お召し物が汚れてしまいますから……」

「いいから黙って拭かれてなさい！　風邪をひいたらどうするの。ほら、顔色が悪いわ」

「これは……」

明らかにいつもより影の落ちた彼の顔を示し、バスルームへリュカを引っ張っていく。

「早く身体を温めてきて。……そうだわ、ゴブオ！　どこにいるの？」

自分が離れている間、傍についてもらうよう頼んだはずなのに、ゴブオの姿がなかった。

なぜなのかと思いながら名前を呼ぶと、「おうよ」とゴブオが顔をひょっこり覗かせた。

「悪かったな。こいつがものすごい速さで走っていったから、見失っちまった」

ゴブオの説明を聞き、どうしてそんな状況になったのかと疑問に思いながらも、リュカをバスルームの中に押し込んだ。

「リュカ、あなたは今すぐ身体を温めて。ゴブオ、彼の着替えを持ってくるから、もう一度一緒にいてくれる？」

「おう、今度はちゃんと見張ってるぜ！」

「ロザリア様、私は少し濡れただけですから――……」

「いいから、あなたは自分の健康を第一に考えなさい！」

言い募ろうとするリュカの鼻先で、扉をピシャリと閉めた。

反論を許さず、ロザリアはその場をゴブオに任せて去った。大事なリュカの健康が害されるかもという懸念に意識を持っていかれ、どうして彼があの場にいたのか、そしてなぜあんなにも暗い表情をしていたのかということには、考えを寄せる余裕はなかった。


それから数時間後の夜。昨夜と同じくリュカと一緒の寝台に入ったロザリアは、全く寝つく様子もなく、寝台の上に正座をしてリュカを見つめて――もとい、監視していた。

「……ロザリア様、お休みになってください」

「あなたが眠りにつくのを確認してからね」

リュカが困ったように息を吐き、身体を起こす。

「あっ、こら。起き上がらないで」

「ロザリア様が休んでくださらないと、私は眠ることが出来ません」

「今日はあなたを見守ってから眠ると決めているのよ。さっきあんなにびしょ濡れになってしまったんだもの。これから熱を出してしまうかもしれないでしょう？」

のんきに寝ている間にもしもリュカが苦しんでいたりしたら、自分が許せない。

「……私はそんなにやわではありませんよ」

「それはわかっているけれど、心配なの」

「心配……」

ふう、とリュカがまた一つ大きく息を吐く。

「やはり私は、貴女にとって庇護すべき対象でしかないのですね」

いつになく低くなった声音にピリリとした空気を感じ、ロザリアは一瞬身震いした。

「……え？」

「このところの貴女は、過剰なほどに私の身を案じてくださっています。それはやはり、私の不甲斐ない面が露見してしまったせいなのでしょう」

「不甲斐ない？ ……どこが？」

「私が〝騎士〟として役に立たぬ、未熟者なのだとわかってしまいましたから」

「……何を言っているの？」

自身を貶めるような発言に、耳を疑う。リュカらしくもない、弱気な台詞だった。

「昼間、私は妖精の行動から貴女を守れませんでした。あの時、妖精の動きに気付いて貴女を守ったのは……オスカー様でした」

湖のほとりで、誤って木の実が投げられた時のことだ。だが、あの件はそんなに気にすることだったろうか。

「その時痛感しました。私は〝騎士〟であっても、妖精族の血を持たぬ者。その血が直接身体に流れているオスカー様には、敵わない部分があるのだと」

リュカが何にこだわっているのか、ようやく理解した。ロザリアを〝騎士〟として妖精の行動から守れなかったと、悔いているのだ。だがそれは、彼が気に病むことではない。

「妖精女王から授かった〝乙女の騎士〟の称号は、あくまでも人間の〝妖精の乙女〟を守る立場を約束されたものなのであって、特別な力を得られるものではないのよ」

リュカの表情を窺いながら、ロザリアは慎重に言葉を選んでいく。

「つまり、妖精の魔力や気配に敏感になれるように、当人が変化するわけではないということ。だからオスカーのように元から妖精族の血縁者の方が、妖精の行動に対して素早い反応が出来るのは、当たり前のことなの」

ゆえに、昼間の件でオスカーの方がリュカよりも機敏に動けたことに不思議はないのだが――リュカはそれを簡単に受け止めることが難しかったのだろう。

「ええ、わかっています。それでも動けなかった自分が許せないのです。私は貴女の全てをお守りしたいのに」

「もう十分すぎるくらい守ってもらっているわ。それに、倒れた私を庇ってくれた」

しかし、ロザリアの言葉はリュカの心に響いていないようだった。〝騎士〟として役目を果たせなかった――その後悔だけが、彼の中に事実として刻まれてしまっているのだと感じた。

「……ですから、オスカー様が仰っていたこともわかるのです」

「え？」

「庇護する対象としてしか見ていないから、私の気持ちに応えられないのだ、と」

先程のオスカーとの会話だ。聞かれていたのだと、この時ようやく思い至った。

「私が距離を詰めようとするたび、貴女を困らせてしまっていましたね」

「違うわ！」

咄嗟に叫んだが、リュカは首を横に振った。

「ロザリア様、私が何年貴女のお傍にいると思っているのですか。貴女の心の機微を読み取れないような鈍感な従者ではありませんよ」

「それは……その、確かに前向きにあなたに応えるということは、出来なかったけど」

理由があるのだ。けれど、「〝乙女〟の恋人であると〝騎士〟が危険に晒されるゲームだから」などと言えるわけもなく。

「そのことに関しては本当に、私の問題で……。上手く説明が出来ないのだけれど」

「いいのです、ロザリア様」

リュカは諦念したように息を吐いた。

「出すぎたことを言って申し訳ありませんでした。……私は、身に余る立場を得られたことで少々浮かれていたようですね」

寂しげにそう言われて、ロザリアは言葉を継げなくなった。リュカにそんな顔をさせてしまったことで、激しい後悔の念に襲われたロザリアを見向きもせず、彼は「お休みなさいませ」と言って寝台に身体を横たえた。

それから何時間経っても、その寝台からはどちらの寝息も聞こえてくることはなかった。

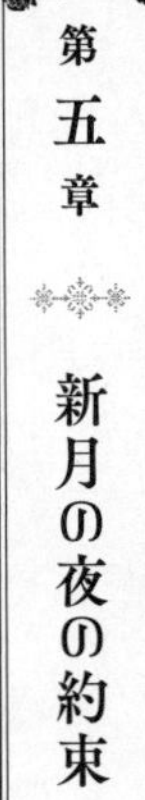

第五章 新月の夜の約束

「ロ、ロザリア様、どうされたのですか？」

朝の身支度を整え終えたロザリアを見て、サラが心配そうに声をかけてきた。

「どうしたって、何が？」

「なんだかとても元気がなさそうに見えます……！」

（す、鋭い）

表面上は普段通りを装っているが、サラにはバレてしまったらしい。

「大丈夫よ、ちょっと寝つきが悪かっただけだから」

（その原因にこそ、元気がない本当の理由があるんだけどね……）

心の中でつけ足して、笑ってみせる。リュカとギクシャクしてしまったことは、出来る限り表には出したくないのだ。朝の身支度をいつもと同じようにしてくれた彼も、昨日の件に触れる気はないのだと思ったから。

「でも……」

ロザリアの背後にきっちり控えているリュカを、サラが意味ありげに見遣る。

「体調が悪いわけではないから。さあ、行きましょう」

「あ、いたいた。ロザリア」

サラを促して今日の調査に向かおうとしたロザリアを、イヴァンが呼び止めた。

「例の妖精文字の本、少しだけど気になる箇所が出てきてね。出発前に話しておくよ」

「気になる箇所？」

「そう。あれはどうやらディフダ氏の遠い先祖、かつてのこの村の村長が書いた日記らしい。彼は歴代村長の中でもとりわけ妖精と親しくしていたようで、妖精にも意味あるものとして残せるよう、あの文字で記録したそうなんだ」

「そうだったの。ディフダさんの家系は、昔から妖精を見る力に長けていたのね」

そうみたいだね、とイヴァンが続ける。

「内容はほとんど、彼が知り合った妖精についての記述なんだ。そして中盤あたりでようやく出てきたんだよ。湖に棲む妖精のことが」

「そうなの⁉」

ドリュアスの話では、あの湖に村人は近づかないとのことだった。ならば村人との交流もまずなかったのだろうと思ったが、知り合っていた人間がいたのか。

「しかも、結構親しくしていたみたいなんだ。そこからはほとんどその妖精のことばかり書いてあるくらいだから」

「それだけ懇意にしていたのね」

「だろうね。残念ながら日常のほのぼのとしたやり取りしかまだ読み取れていなくて、もうちょっと読み進めていかなきゃいけないんだけれども。一応伝えておこうかと」

「ありがたいわ。その妖精のことを知っておくに越したことはないもの。もしかしたら他にも知っている村人がいるかもしれないわね。そのまま本の調査をお願いしても？」

「もちろん。……いやぁ、君が僕におねだりをしてくれるなんて、貴重な体験だな」

「おねだりじゃなくてお願いよ」

なんとなくその語感が嫌で訂正する。すると、イヴァンが「おや」と首を傾げた。

「この流れでリュカくんが突っかかってこないなんて、珍しいこともあるんだね」

振り向くと、リュカは不満そうな目をイヴァンに向けているものの、口は開かなかった。

（確かに珍しい……けど、やっぱり全ていつも通りにはしにくいわよね）

うう、と小さく嘆く。自分が蒔いた種なのだ。どうにかしなくては。

けれど問題の解決に向けても動かねばならない。リュカの件に関して妙案が思いついていないロザリアは、ひとまず調査の方に集中しよう、と気持ちを切り替えた。

本日も同じ面子でやってきたのは、昨日と同じ村の中心部だ。妖精に呼ばれたためルイスが消えたという場所を調べることが出来なかったので、再度赴いてきたのである。

　しかし、手掛かりになりそうなものは何もなかった。

「ただの路地裏ね。妖精の魔力の痕跡はないわ」

　何かしら残っているのではと思ったのだが、完全にハズレだった。落胆し、路地裏から通りの方へ戻る。その時、ロザリアはある人物に気がついて足を止めた。

「ニーナさん？」

　フラフラと覚束ない足取りで歩く女性に見覚えがあり、ロザリアは声をかけた。相手はロザリアの方を見て、琥珀色の瞳を真ん丸に見開いた。

「あなたは……王都のご令嬢……」

　やはりそうだった。初日に露店で話した親子の、娘の方だ。

「ロザリアです。……大丈夫ですか？」

　そう尋ねたのは、彼女があまりにも青白い顔をしていたからだ。三日前に会った時は健康な顔色でハキハキと喋っていたのに、今は見る影もない状態で心配になったのである。

「いえ……私は……」

「大丈夫じゃなさそうです。体調が悪いのでは？　少し座って。休みましょう」

　リュカたちに視線で合図し、ニーナの背を支えて誘導する。近くのベンチに腰を落ち着けると、彼女は項垂れて苦しそうに息を吐き出した。

「ごめんなさい……、ご迷惑をおかけして」

「迷惑なんかじゃありませんよ。身体が辛いのなら、ご家族に連絡して迎えに来てもらいましょうか。――あ、恋人さんの方がいいかしら」

そういえばニーナには結婚を視野に入れた恋人がいたんだった、と思い出してロザリアは口にしたのだが、それを聞いた途端、ニーナの瞳にぶわりと涙が溢れた。

「えっ⁉　ご、ごめんなさい、何かまずかったかしら⁉」

「ちが……、違うんです、すみません……」

ぽろぽろと涙を零すニーナの背中を、トントンと叩いて宥める。

(どうしよう、何がいけなかったのかしら。気の利かないこと言っちゃった⁉)

ロザリアが焦っていると、段々と落ち着きを取り戻したニーナがゆっくりと顔を上げた。

「……本当に、すみません。取り乱したりして……」

「気にしないで。私の方こそ、無神経なことを言ってしまっていたのならごめんなさい」

ニーナがもう一度「違うんです」と否定した。

「あの人……グレンが、いなくなってしまったんです。それで、混乱していて」

「え？」

グレンはニーナの恋人の名前だったはず。その彼がいなくなったとは。

「……どういうことか、お聞きしても？」

慎重に問うと、ニーナは静かに頷いた。

「二日前、村人が失踪した事件があったでしょう？　その中の一人が、私の恋人なんです」

「えっ⁉」

息を呑む。まさか、例の男性たちのうちの一人が、ニーナの恋人だったなんて。

身を震わせて涙を流すニーナがあまりにも頼りなげで、ロザリアはリュカに視線を送った。それだけで察したリュカは、小さく首肯して「少し、この付近で話を聞いて参ります」と言い、オスカーとミゲルを連れて行ってくれた。女性だけで話した方が良いと気を利かせてくれたのだ。サラは一瞬躊躇う素振りを見せたが、リュカの後を追っていった。

黙ってニーナの背中をゆっくりと撫でていると、少しずつ肩の震えが収まってきた。

「……少し、落ち着いた？」

はい、と鼻声でニーナが答える。

「……みっともないところをお見せしてしまい、申し訳ありません」

「いいのよ。わかるもの。大事な人がいなくなったら、周りが見えなくなるくらい取り乱してしまうだろうという気持ちは」

自分だってリュカがいなくなったら、何をするかわからない。真顔で答えると、ニーナはくしゃりと顔を歪めて笑った。

「……後悔ばかりが押し寄せてくるんです。ちゃんと気持ちを、伝えていなかったから」

「はい。私が……自分の都合を理由にして、肝心なところで踏み出せなかったから」

「気持ちを？」

胸がざわめいた。なんだか、自分にとっても大事なことのような気がして。

じっとニーナを見つめていると、彼女は訥々と語り出した。

「グレンは、この村でもかなり腕利きのアクセサリー職人なんです」

そう言ったニーナの手の中にあるのが、先日見せてもらった琥珀色の石が嵌め込まれたブローチだと気付く。

（……そういえば）

ロザリアの脳内で一つの記憶が蘇る。息子がいなくなったと村長宅を訪ねてきた女性は、工芸品のアクセサリーを作る仕事をしていると言っていなかったか。

（あの人の息子さんが、グレンさんだったのね）

ということは、このブローチはグレン本人が想いを込めて作り、ニーナに贈ったものなのではないだろうか。恋人の瞳の色と同じ石を嵌め込み、村に伝わる恋人との絆を意味する花を装飾に加えて、大切に作り上げたこの世でたった一つのブローチ。

その琥珀色の石の表面を、ニーナがそっと撫でる。

「……それで、少し前に王都の宝飾職人の方から、声がかかったそうなんです。その人の元で働いてみないか、と」

「まぁ、素敵なお話ですね」

だが、ニーナの表情は曇っていた。

「……はい。それで、プロポーズをされたんです。父には話していませんでしたけど、一緒に王都へ行かないかって」

おめでたいことだ、と思ったものの、ニーナの顔が依然として浮かないものだったので、ロザリアは祝いの言葉を飲み込んだ。

「でも私、応えられなかったんです。私みたいななんの取り柄もない田舎の娘がついていったって、彼の迷惑になるだけなんじゃないかと思ったら……応えられなくて。私と一緒になることは彼のためにならないと、そう思ってしまって」

「……」

「私の存在が、彼の人生に影を落とすようなことは嫌だったんです。だから、彼が真っ直ぐ想いを向けてくれているのを有耶無耶にしながら、返事を先延ばしにしてしまった……」

「有耶無耶……、先延ばし……」

「こうしていなくなってしまった途端、ちゃんと伝えておけば良かったと後悔が押し寄せてきたんです。どうして、彼が差し出してくれた手を素直に取れなかったのか……。真摯に気持ちを向けてくれた彼に対して、誠実に返せなかった自分が許せなくて」

ニーナの切ない悲鳴が、ロザリアの胸に突き刺さる。

(『あなたのため』と理由をつけて誠実になれていないのは、私も同じ)

リュカを守ることに躍起になりすぎて、寄せてくれる好意を拒み続けてしまっているのだから。挙句、誤解を招いて傷つけてしまった。想い人に全く誠実に接することが出来ていないのは、ニーナと同じなのであった。

(リュカもオスカーも、みんな正面から私と向き合ってくれているのに)

改めて自分の行いを振り返ると、後悔が泉のように湧き出してくる。リュカの気持ちを無視して自分の考えを押し通していた自分の、この愚かさと言ったら。

ロザリアは長い溜め息を吐き出し、自責の念に駆られながら口を開いた。

「わかるわ、ニーナさん。私も……大切な存在だからこそ、一人で空回ってしまった」

「……え?」

「『彼の幸せが自分にとって一番の幸せだ』という想いが強すぎて、肝心なことを見落としていました。彼の気持ちを聞いて、自分の気持ちも話して、一緒に考えなきゃいけないんですよね。難しいことではないはずなのに、出来ていなかった……」

境遇を重ねるように話すロザリアを、ニーナがじっと見つめてくる。

「ニーナさんの話を聞いていたら、自分の行動を改めなきゃいけないなと思えました。だからあなたにも、あなたが一番進みたい道を迷わず選んでほしいです」

「一番、進みたい道……」

「すでに聞いているでしょうけれど、今回の行方不明事件は妖精が起こしたものだと思われているんです。ですが妖精が絡んだトラブルは、私が必ず解決します」

正面からニーナを見据えて、安心させるように言葉を紡ぐ。

「大丈夫。グレンさんは必ずあなたの元へ帰ってきます。あなたは彼に『お帰りなさい』と言って――それから、自分の気持ちをちゃんと伝えてください。……私も、頑張ります」

最後は自分の背中を押すための呟きだったが、ニーナは不思議そうに瞬きをした後、力強く頷いた。

「……はい。ありがとうございます。ロザリアさんもどうか……後悔のないように」

もう大丈夫だと言うニーナに別れを告げようとすると、引き止められた。

「ロザリアさん。お役に立てるかわかりませんが、もしよければお教えしたいことが……」

目を輝かせてその情報を聞いてから、露店で聞き込みをしているリュカの元へ真っ直ぐに向かった。その足取りは、先程までの重さをまとったものとは違うものだった。

（私も、誠実に接しなくちゃ）

一番に大切な人の顔を曇らせるなんて、してはいけないことなのだから。

ロザリアとニーナから離れたリュカの目の前に、サラが突然仁王立ちをした。

「リュカさん、一体どういうことですかっ！」

「……何がですか？」

「とぼけないでください。ロザリア様と何かありましたよね？　それも、よろしくない何かが。でなければ、ロザリア様があんなにしょんぼりしているはずがありません！」

（……よく見ていますね）

鈍そうなわりに意外とわかっている、とリュカは不躾にも思った。そしてサラの言うことは図星だったので、面白くなくて眉が寄ってしまう。

ロザリアに浮かない顔をさせてしまっているのは、昨夜の自分の言動なのだ。感情の整理がつかないままモヤモヤとした思いをぶつけてしまい、子どもじみたことを言ってロザリアを困らせてしまったのだから。それについて反省しつつも、どう取り繕ったらいいのかもわからなくて、彼女とぎこちない状態が続いてしまっているのである。

「ベネットさんには関係がありません」

他人に深入りされたくなかったのでバッサリと返したが、サラはめげなかった。

「関係ありますよ。私はいつでも元気なロザリア様が大好きなんですから！　……そして、ロザリア様を元気にさせられるのは、リュカさんだけなんですから」

「……は？」

「いつも見てたらわかります。ロザリア様にとって、あなたがどれだけ大きい存在なのか」

「……そんな大層なものではありません。私はあの方にとって、庇護すべき立場の従者でしかないのですから」

「自分のことをそんなふうに考えてたんですか？　ずるいですよ、リュカさん！」

罵るといったふうではなく、口をリスのように膨らませてサラは言う。

「あんなにもロザリア様に大切にされているのに！　その想いを踏みにじってます！」

「……どうして貴女にそこまで言われなくてはならないのですか」

不覚にも、苛立った感情が顔に出てしまった。だがサラはやっぱり気にしていない。

「私がもらえないものを、リュカさんはたくさんもらっているのに気付いていないからです。駄目ですよ、そんなんじゃ。ロザリア様に一番に大切にされてるって、堂々としていてください。でないと、正面から戦いを挑めないじゃないですか」

向けられた瞳に思いのほか強い意志が込められていて、一瞬怯みかける。この少女は以前、ロザリアに対して本気の想いを抱いているのだと宣言したことを唐突に思い出す。

（……本気で、諦めていないんですね）

真剣な紺碧色の瞳の輝きを、リュカも強い意志を込めて見つめ返した。

「なるほど。私と戦うつもりがおありなんですね」

「はい。私はロザリア様のことが大好きなので！」

純粋さが滲み出た声に、リュカは自身を取り巻く様々な感情に想いを馳せて笑った。

「受けて立ちましょう。ロザリア様のことを想う気持ちは、どなたにも負けるつもりはございませんので」

サラへの返答として言ったが、その言葉は口に出すことでストンと自分の中に収まった。

（……そうだ。あの方を想う気持ち、そしてお傍で守りたいという気持ちは、誰よりも強く持っている自信があるんだ。それだけは、何があろうとも変わらない）

燻っていた気持ちが、ほんの少し晴れ始める。

むん、と両手を握りしめているサラ越しに道の先を見ると、ニーナとの話を終えたのか、ちょうどロザリアがこちらへ小走りに向かってくるところだった。

「リュカ！」

何やら硬い表情をしたロザリアが、真っ直ぐな視線を向けてくる。

「今夜、あなたの時間をちょうだい。駄目だと言っても無理矢理連れて行きますから！」

なんとも可愛らしい誘い文句に、口元が綻んだ。

「はい。仰(おお)せのままに」

その日の収穫(しゅうかく)も大したものではなかった。

「湖の妖精のことを知っている村人はゼロ。新たにわかったことと言えば、いなくなった青年が皆(みな)、結婚間近の独身男性だったということくらいかしら」

ルイスだけ該当(がいとう)しないことよりも、村人三人に共通点がありすぎる事実が気になる。

「美青年なのはもちろん、独身男性という点にこだわりがあるような気もするわね」

「よくわからないこだわりですねぇ……」

サラとうーんと考え込んでいると、席を外していたオスカーが戻ってきた。

「あ、戻ってきたわね、オスカー。待っていたのよ」

「俺を……お前が？」

ちょっとそこで嬉(うれ)しそうにしないでよ、とツッコミを入れたくなったが、墓穴(ぼけつ)を掘(ほ)りそうなのでやめておいた。リュカも見ているし、余計なことはしたくない。

「大事な話があるの。手短に終わらせるので、一分だけちょうだい」

「本当に手短だな」

「いいから顔を貸して」

「お前、俺の扱いが雑すぎないか？」

ぶつぶつ言うオスカーを無視し、リュカの方を振り返る。

「少し彼と話してくるわ。すぐ終わるけれど、あなたも一緒に来てちょうだい」

「え……、よろしいのですか」

昨日のことを引き摺っているからか、珍しくリュカが追従することへ戸惑いを見せた。

「大事なお話なのでは？」

「大事な話だからいてほしいの。それから……昼間約束した件も、その後お願いするわ」

今夜あなたの時間をちょうだい、と言った件でだ。リュカは返答に悩むように瞬きを繰り返していたが、ロザリアが熱心に見つめたのが伝わったのか、「かしこまりました」と腰を上げてくれた。その表情はいつものリュカのものだったので、胸を撫で下ろす。

「では、さくっと話を済ませましょう」

二人を連れて歩き出したロザリアの背後で、「すげー乙女全開な顔してたな、ロザリアのやつ。……今は男を二人従えてるようにしか見えないけど」というミゲルの声が聞こえた。

「さて、単刀直入に言います。オスカー、改めてお伝えしたいのだけれど、私はあなたの気持ちには応えられません」

　昨夜オスカーに呼び出された場所へ彼を連れて行って早々、そう切り出したロザリアに、オスカーは眉を顰めた。

「……返事が早くないか」

「あら、遅すぎるくらいよ」

「俺は昨日、一度しっかり考え直した上で、と言ったはずなんだが」

「考え直したところで答えは同じだとわかっているからよ。私があなたの気持ちに応えられる日は来ないわ。……ごめんなさい」

　近くで控えているリュカは、こちら側に背を向けていて微動だにしない。それでも一言一句漏らさず聞いているはずなので、ロザリアも迷いなく告げる。

「あなたの気持ちは嬉しかった。それを真っ直ぐに伝えてくれたのも、とても嬉しかったわ。……だからこそ、私も私自身の気持ちに誠実になろうと思ったのよ」

　しっかりと目を見て伝えると、オスカーが眉をピクリと動かした。それから口を引き結び、しばしの間の後――、大きく息を吐き出した。

「……お前が融通の利かない女だってことは、嫌になるくらい知っている」

「そうでしょうね」

　ふふ、と笑うと、オスカーがもう一度溜め息を吐いた。

「まあいい。お前のそういう潔さは、案外嫌いじゃないとわかったからな」

リュカを一瞥し、オスカーがスッと顔を寄せた。

「今は友人に甘んじてやってもいいが、諦めるとは言ってやらない」

「まあ、意外と執念深いのね」

「そうだな、存外執着していたようだ。何せ、カエルを投げつけられたことがあっても
愛想を尽かさなかったくらいだからな」

「……それについては、愛想を尽かしても良かったわ」

顰めっ面になったロザリアに、オスカーが笑みを見せてから背を向ける。

「一分以上経ってしまったな。怒るなよ」

「……怒らないわよ」

友人として精一杯の感謝の気持ちを込めて、去っていく背中に向かって呟いた。

（……私もちゃんと、真っ直ぐに）

ふう、と一呼吸ついてから、柱の陰に半分隠れてしまっていたリュカに声をかける。

「……リュカ」

呼びかけると、やっとリュカが身体を動かした。振り向いた萌黄色の瞳は、不安そうに
揺れている。

「ちゃんと聞いていてくれた？」

「……はい」

「そう。なら、今から少し散歩に行きましょう。とっておきの場所を教えてもらったのよ」

村長宅の裏庭を横切り、なだらかな丘を登り切ったところでロザリアは足を止めた。

「……わぁ、綺麗！」

そこは、村を一望出来る開けた場所だった。下方にはチラチラと揺れる民家の明かり、見上げた空には眩い星空のカーテン。今宵は新月のため月は姿を隠しているが、その分星たちがいつも以上に輝いていた。――そして何より目を引くのが。

「一面にスターチスの花だわ……！」

丘の大地を覆うように、ピンク色のスターチスが咲いているのだった。そしてその頭上に、ぽつりぽつりとほのかな灯りが浮いている。

「妖精がこんなにいるなんて。村人たちの間では、街灯がなくとも不思議と明るい場所なんだと言われているらしいのだけど……妖精が照らしてくれていたのね」

妖精をハッキリと見ることの出来ない人たちからしたら、ただただ不思議だったろう。

だがロザリアの瞳には、小妖精たちが舞う姿が蛍の光のように映っているのだった。

「これは……綺麗ですね」

同じ光景が見えているリュカも驚いたように目を丸くしている。ロザリアはその腕を引き、えいやっと芝生に腰を下ろした。

「ロザリア様、お召し物が」

「固いこと言わないの。こんなに気持ちがいい場所なんだから」

ね、と笑ってみせると、リュカは諦めたように座り直した。

「この場所、ニーナさんに教えてもらったの。グレンさんとよく来た場所なんですって」

「そうなのですか」

「こ……ここ、恋人同士で訪れるのに人気の場所なんですって！」

少々噛みながら言うと、リュカがパチパチと瞬いた。

「そう……なのですか」

「……そ、そうなのよ。灯りの他にも、一年中花が咲いていることでも不思議がられているそうなんだけど、妖精の力だったのね。でもそのおかげで恋人たちの間では有名みたいで。スターチスは恋人との絆を示す花だと伝わっている、という話だったでしょう？　それでもって静かな場所だから、恋人同士でじっくり語らうのにも向いているって……」

さりげなく話題を振ろう――そう思っていたのだが、緊張のためか必要以上に早口で捲し立ててしまった。言い切った後に正気に戻り、そこから先が口から出てこなくなる。

「…………」

「…………」

妙な沈黙が生まれてしまった。完全に采配ミスである。

（ムード作りなんて慣れないことするもんじゃなかった……！）

心の中で盛大に反省していると、隣でリュカが小さく笑った。

「懐かしいですね。前にも、このような景色を見たことがあります」

「……前？」

頷いたリュカが、穏やかな表情で星空を見上げる。

「ロザリア様が十二歳の時、妖精を愛でるための夜会に招待された日のことです」

フェルダント公爵家と付き合いのある貴族の屋敷の庭園で、そういった一風変わった夜会が開かれたことがあったな、と思い出す。

「あったわね、そんなことも」

「貴女は夜会が始まってすぐ、退屈だと仰ってその場を逃げ出されました」

「……………あったわね、そんなことも」

当時は妖精嫌いの我儘令嬢ロザリアだったので、妖精を愛でるために開かれたパーティーなんて面白くもなんともなかったのだ。両親と兄の目を盗んで、素早い動きで逃亡したことを覚えている。

「その時、私の腕を引いていってくださいましたよね」

「それはもちろん、あなたはどこへ行くにも一緒だったもの」

無理矢理引っ張っていった、と表現した方が正しそうだが、まぁとにかくリュカを連れて脱走したのだ。

「そして逃げ着いた先が、ここととそっくりな場所でした」

「……確かに、そうだったかもしれないわ」

高地に立つ屋敷だったので、見晴らしが良かったのだ。リュカの言う通り、ここから見える景色と似ていた気がする。眼下に広がる街明かりに、星が瞬く夜空。種類は違えど花も咲いていたような。妖精は飛んでいなかったが、あれは本当に美しい光景だった。

「貴女は仰いました。『逃げてきて正解だった』と」

リュカが思い出を愛おしむように微笑む。

「私もそう思いました。豪勢な庭園で優雅に妖精や景色を眺めるよりも、自分たちで見つけ出した場所で見る星明かりと花の景色の方が、断然素晴らしいと」

「後でお母様からこっぴどく叱られたけどね」

「それでも、『二人で見た景色の方が百万倍綺麗だった』と、目を輝かせて奥様に説明する貴女の姿は……とても頼もしかったです」

「怖いもの知らずだっただけよ」

それでさらに怒られたことを思い出し、苦笑する。

「そういうところも含めて、私は愛おしいと思っています」

「……っ」

突然声のトーンが変わり、ロザリアの心臓が大きく跳ねた。

「昔から変わることのない、愛らしいお嬢様。大事な大事な——私だけのお嬢様」

そっと隣を見上げると、リュカが真剣な表情でロザリアを見つめていた。

「ロザリア様。私は自分が未熟者だとわかっていても、やはり身を引くことが出来ないのです。……何度でも申し上げます。貴女のことを、心よりお慕い申し上げていると」

「リュカ……」

「貴女を守る〝騎士〟としてはまだまだ力が足りぬ身ですが、貴女の隣に立つ権利は私だけのものにしたい。他のどなたにも譲りたくはありません」

数多の星と、ふわりふわりと飛ぶ妖精の光を背負ったリュカは、とても綺麗だった。真っ直ぐで、誠実で。とても綺麗な魂を持っているのだと、そう感じた。

「……あなたは、十分立派な〝騎士〟だわ」

視線の熱量に焦がされそうで、声が掠れてしまう。淡い緑色のはずなのに、なぜか炎を宿しているように思わせる瞳から発するそれは、ロザリアの胸の内側に灯る火を刺激して身体を熱くさせる。

「あなたはいつも、いつだって、私のことを守ってくれているもの」

「……足りないのです」

「どうして？　私がいいと言っているのに、それでも足りないの？」

「足りません。ロザリア様に全てを預けていただけるような、そういった強い守り手に私はなりたいのです」

迷いなく告げられる言葉が、丘に吹く風を物ともせず、ハッキリと耳に届く。

「けれど私は、妖精のことになるとどうしても、他の方に後れを取ってしまいます。〝騎士〟として情けない――そう思いました。ですが」

彼の手が、膝の上に置かれたロザリアの手に重ねられる。

「格好悪くても、それでも貴女にとっての〝騎士〟でいたいのです」

置かれた手が、微かに震えていることに気付いた。彼がどれだけの決意で告白してくれているのか、痛いほど伝わってくる。

そっと、もう片方の手を乗せてリュカの手を包み込む。

「あなたは世界で一番格好良くて頼もしい、私の〝騎士〟よ」

ピクリ。小さく手が動いた。

「でも私は、守られるだけのお嬢様にはなりたくないの。私もあなたを守りたいの。一緒に守り合っていくのではいけない？」

「……ロザリア様」

「私、こんな性格だからおとなしく守られているだけだなんて性に合わないのよ。それはリュカが一番よくわかっているでしょう？」

　リュカの瞳の中の炎が揺れている。ロザリアは握る手に力を込めた。

「だけど、ちょっと突っ走りすぎちゃったわね。あなたを置いて、一人で走ってしまった。それは反省しているわ。……だから、これからは一緒に歩きましょう。ちょっと小走りになったりもするかもしれないけれど、ずうっと隣であなたと肩を並べて歩いていけたらなって、そう思うのよ」

　順に重ねていた手が、いつの間にか握り返されていた。

「あなたは私が庇護する対象ではないわ。たまに……いえ、わりと結構過保護になってしまいがちだけれど、私にとってのあなたは、対等で大切なパートナーなの」

　真っ直ぐに伝える。リュカは眉間をキュッと寄せ、額をコツンとくっつけてきた。

「……はい。ロザリア様」

　握り合う手から、優しさと安堵が染みてくるようだった。ふと地面に目を留めたリュカが、二人の間に咲くスターチスを一輪摘んで、そっとロザリアの耳元に挿した。

「隣を歩かせてください。……貴女の走るペースについていけるのは、世界中を探しても私くらいしかいないでしょうから」

穏やかに笑った彼の吐息が唇にかかり、心臓が飛び跳ねた。

ずいぶん間近に迫ってしまった萌黄色の輝きをちらりと見上げ、そっと告げた。

「この一件が解決したら、私から話をさせて。私の人生史上、一番大切な話をするから……絶対に聞いてちょうだい」

リュカはじっとロザリアの瞳を見つめ、ゆっくりと瞬きをした。

「かしこまりました。必ずお聞きすると、命を懸けて約束いたします」

やっぱり大袈裟ね、と噴き出した声は、芝生を撫ぜる緩やかな風にかき消された。

リュカがロザリアと共に村長宅に戻ると、何やら家の中が騒がしかった。声のする方に駆けつけるとなぜか床が水浸しで、この家に棲みついているホブゴブリンが足を滑らせそうになっているのを、ミゲルとサラが身体を持ち上げて回避させていた。
「これは……お酒でしょうか」
リュカが呟くと、ロザリアが「そうみたいね」と鼻をつまんだ。辺り一帯に、かなり強めの酒の匂いが漂っているからだ。

「ロザリア様、これを」

持っていたハンカチを手渡し、鼻を覆わせる。彼女が酒の匂いが得意ではないことを、リュカは熟知している。

「ありがとう」

「あ、リュカ、いいところに！　このホブゴブリンたちが酒樽をひっくり返しちゃってさぁ。何か拭くもの持ってきてくれねぇか？」

床に散乱する酒樽を見て、「わかりました」と返事をする。強い匂いに顔を顰めるロザリアを、脇の部屋に案内して座らせ、リュカはモップでも借りに行こうと部屋を出た。

この家のことはだいぶ把握していたので、探し物はすぐに見つかった。モップを摑んで戻ろうとすると、ちょうどオスカーが廊下の向こうからやってくるのが見えた。リュカは今やるべきことを思い一瞬躊躇ったが、モップを壁に立てかけて彼を呼び止めた。

「オスカー様、少々よろしいでしょうか」

「なんだ、今度はお前か」

「しっかりお伝えしておきたいことがあります」

姿勢を正して告げると、オスカーは一瞬眉をピクリと反応させてから「わかった」と返した。正面から向き合い、ゆっくりと口を開く。

「正直に申し上げますと、私は貴方のことを心の底から好ましくないと思っております」

「唐突な上、ものすごく正直だな」

「ですから正直に、とお断りをしました」

オスカーが目を細める。じとりと睨まれても怯むことなくリュカは続ける。

「貴方はロザリア様のことを何もわかっていない。その上、失礼な態度を取り続ける。いくら元婚約者だからといっても、見過ごせないほどのものであると感じていました」

「元の部分をやけに強調しただろう、今」というオスカーの呟きを無視する。

「ですが、昨夜ロザリア様へ気持ちを伝えられた貴方からは……、まあ、少しはあの方を知ろうとした努力を垣間見ることが出来たのかな、と」

「……あいつのことになると、お前はとにかく上から目線になるよな」

「まだまだあの方の魅力の千分の一も理解はされていないと思いますが、以前の貴方から受けていた印象とは変わった、ということは認めざるを得ません」

「……それはどうも」

若干投げやりっぽく聞こえた返事に少しムッとしながらも、表に出すのを抑える。

「ですが、どう変わろうとも、この立ち位置をお譲りすることは出来ません」

「……」

「私はロザリア様のことを、お仕えする主人としてだけでなく一人の女性としてもお慕いしております。この気持ちは、オスカー様はもちろん、他のどなたにも絶対に負けないものであると自信があります」

「……ほう」

「ですので、貴方が本気でロザリア様を諦めないと仰るのなら、私も容赦はいたしません」

「なるほど。ようやく本音を晒したと思ったら、宣戦布告か」

「今の貴方でしたら、宣言をしても良いかと思いましたので」

オスカーが嗤うように口元を歪めた。

「つまり、やっとお前に好敵手として認められたわけだ」

「さあ、それはどうでしょう」

不敵に笑んでみせると、オスカーがはあ、と溜め息を吐いた。呆れというよりは、可笑しそうに。

「まあいい。なら俺もそれを正々堂々と受けよう。正式に輿入れするまでは、あいつは誰のものでもないからな」

「貴方はスタート地点が低くていらっしゃるので、せいぜい努力していただきますよう」

煩いぞ、と言うオスカーに一礼し、リュカは彼に背を向けた。自分なりに身分や立場を慮って言えなかったことをハッキリと言えて、清々しい気持ちで歩を進める。

（さて、それでは戻らないと……ん？）

風が吹き込んでくると思ったら、裏口の扉が開いていた。閉め忘れたのだろうか、もしくは妖精の出入りでもあったか。

逡巡し、扉を閉めようと歩み寄る。その時、リュカの視界に深紫色がふわりと舞い込んできた。

（……あの色は）

ロザリアの髪だ。どうして彼女がここに？

（私の戻りが遅いから、捜しに来させてしまったのだろうか）

ではなぜ外に、と思いもしたが、妖精の姿を見つけたとかかもしれない。何しろこの村長宅には、妖精がたくさん居着いているのだから。

急いで裏口から出て姿を追うと、そこには誰もいなかった。

「ロザリア様？」

声をかけるが応えはない。見間違いだったのだろうかと引き返そうとしたその時、目の前を緑色が覆った。

（！　髪……!?）

深紫色とは似ても似つかない緑色の髪が、ぶわりとリュカを巻き込むように広がった。

（人間ではない。これは、妖精――……!?）

察すると同時に、微かな声が耳に飛び込んでくる。

「……やっぱり素敵ね。あなたのその……」

　最後までは聞こえなかった。囁き声と共に大きな衝撃が頭に走り、リュカは気を失った。

　少し休んだことで、強烈な酒の匂いによって生じた気持ち悪さがようやく収まってきたロザリアは、リュカが休ませてくれた部屋を出た。

「おやまぁ、何があったんですか。床がこんなに酒浸しになって」

　イヴァンの声がして、周辺を片づけていたミゲルが振り返る。

「ああ、先生。妖精たちが酒樽をひっくり返しちゃったんだよ。それで今、リュカに拭くものを持ってきてもらうよう頼んでるんだ」

（えっ、いつの間にそんなことに。気分が悪くて何も聞いていなかったわ）

　どうりでリュカが目につく場所にいないわけだ、とそこでやっと気付く。

「なるほど、そういうことですか。……おや、ロザリア。いいところに」

　ロザリアの姿に目を留めたイヴァンが近づいてくる。

「君に報告しようと思っていてね。例の日記、あらかた読み終わったものだから」

「もう？　すごいわ。何か役に立ちそうな情報はあった？」

するとイヴァンが困ったように顔を歪めた。

「悲しい恋の物語が綴られていたよ」

「……恋の物語？」

「そう。書き手の人間の男と、湖の妖精の報われなかった恋の話さ」

酒の匂いによる気持ちの悪さが、一気に霧散した。

「それは……どういう……」

「……なんとも切ない話でね。書き手の男――ディフダ氏のご先祖は、ある日偶然出会った湖の女妖精に一目惚れした。彼女と頻繁に会ううちに親しくなっていき、ついには将来の約束まで交わす仲になった。……けれど、彼には人間の娘との婚姻が定められてしまい、結局妖精とは別れることになった、という内容さ」

「……」

人間と妖精の悲恋の伝承は、昔から数多く残されている。湖の妖精にもそんな哀しい話があったとなると、ロザリアの胸はなんだか痛くなってくる。

「お互い想い合っているのに、別れたということよね」

「そうだね。その後の日記には、彼の後悔や懺悔が延々と綴られていた。でも彼も仕方なかったんだと思うよ。村長の家に生まれ、きっと多くの柵もあっただろうから」

　そう言われて、言葉に詰まる。立場上、やむを得なかったのかもしれないが。

「……辛いわね」

　もしかして、若い男性ばかりが攫われたのは、湖の妖精のこの過去と何か関係があるのだろうか。かつての恋人と重ねているなんてことはないだろうか。

「彼なりに足掻いたとも思うけどね。どうやら、妖精の恋人のために遺したものがこの村にあるらしいんだ」

「そうなの？」

「ハッキリと言葉にされていないから、それがなんなのかはわからないけれど。『変わらぬ心を、永遠に残る形でこの土地に遺していく』と記してあったんだ」

「永遠に残る形……。なんなのかしら、それは」

　湖の妖精は、それを知っているのだろうか。――知らない気がする。なんとなくだが、直感でそう思った。

（うーん……、だけど何かもう少し、ピースが集まらないかしら）

　まだ足りない気がするのだ。その妖精と対峙する際に必要になりそうな情報は、一つでも多く摑んでおきたい。そう考えた時、リュカがまだ戻ってきていないことに気付いた。

（待って、話に夢中になって気が逸れていたけど、リュカから目を離して結構経ってしまってるんじゃ⁉）

慌(あわ)てて捜しに行こうとすると、オスカーがやってきて「うわ、どうしたんだこの床」と眉を顰めた。ミゲルが説明をすると、オスカーが納得(なっとく)したように呟いた。

「ああ、それでリュカはモップを持ってたのか」

「リュカに会ったの？」

すかさず食いつくと、オスカーは頷いた。

「さっき、そこで会って少し話をしていたが」

「それで、リュカは？　どうして一緒じゃないの？」

モップを持っていたのなら、戻ってきているはずではないか。なぜオスカーだけなのか。

「話が済んだ後、裏口の方に向かっていったぞ」

「……裏口？」

何か嫌な予感がして、さらにオスカーに詰(つ)め寄(よ)る。

「どうして裏口に？」

「わっ、なんだよ、理由なんて知らん。……おい、顔が近い！」

「何も言ってなかったの？」

「言ってない。待て、お前本当に顔が近いぞ」

オスカーが顔を赤くしていることなど全く目に入らず、ロザリアは必死に考えた。

「おかしいわ……、こんなに長く帰ってこないなんて」

「そんなに長くもないいんじゃないか？」

後ろからのんきなミゲルの声が飛んできたが、ロザリアは「いいえ」と否定した。

「リュカは無駄な動きを一つとしてしない人なのよ。目的のものを見つけたのなら、真っ直ぐここへ戻ってくるはず。寄り道なんかするわけがないわ」

「あんたのリュカに対する信頼が細かすぎて怖ぇよ」

ミゲルがドン引きした。しかしロザリアにはそれを気にする余裕がなかった。慌てて裏口の方へと駆け出す。

「リュカ！」

扉は開いていた。外に踏み出して辺りを見回したが、人影は一つもない。そして、モップが床に転がっていた。

それを目にし、例えようのない焦燥感が全身を走る。ポケットの中にしまっていた、丘の上でリュカがくれたスターチスにそっと指先で触れる。

（なんだろう、すごく……すごくまずいという焦りでいっぱいになる）

「リュカ……、どこに行ったの？」

弱々しく呟く声をかき消すように、オスカーたちがバタバタと足音をさせて追いついた。

「ロザリア、どうした？」

ゴブオも来てくれたようだ。ロザリアは小さな相棒に不安を滲ませながら問いかけた。

「ねえ、ゴブオ。わかる？　……リュカの気配は、この近くにある？」

心臓がバクバクと大きな音を立てている。処刑直前の罪人とはこんな感じなんだろうか、と縁起でもないことを考えてしまう。

ゴブオは周囲に視線を遣ってから、残酷なことを口にした。

「いねぇな。少なくとも、この近くの人間の領域にはいねぇ」

ドクン、と一際大きく心臓が跳ねた。

「ああ、でもこの辺りに妖精の領域が開かれた跡があるな。そこを人間が通った痕跡も」

（それは、つまり――……）

〝乙女の騎士〟が、妖精に攫われたということではないか。

ブチン、とロザリアの理性の紐が切れる音がした。

第六章　推しへの愛は魔法をも蹴散らす

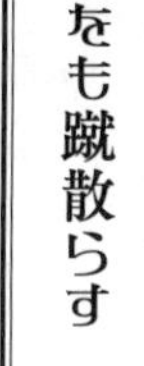

「リュカが攫われたわ。――湖へ行くわよ!!」

ロザリアの高らかな宣言に、一同はギョッとした。

「ま、待ってください、ロザリア様。今はお月様が見えません。綺麗に見える夜じゃないと、例の妖精さんには会えないんじゃないんですか？」

サラに指摘され、そういえばと口を噤む。今日は新月なのだ。湖に出向いたところで、妖精の棲処は見つからない。

（うぅっ、どうしたらいいの……!?　妖精に出現条件が設定されていたから、今夜は何も起こらないと思っていたのに……こんなことになるなんて）

静まってしまった空気を裂いたのは、ゴブオの一声だった。

「月ならあるじゃねぇか。今日は良い月夜だぞ」

「……え？」

「ああそうか、こっちは見えねぇのか」

何気ない彼の発言に、ロザリアはハッとして夜空を見上げる。

「妖精の領域……!」

困惑する皆を置いて、月の昇らない、星しか見えない空を凝視する。

「妖精の領域は、人間の領域と時の流れが違う……。だから天気も異なるし、月が昇る周期も異なる……?」

昨夜、妖精の領域から帰ってきたゴブオは、晴れていたと言っていたではないか。こちらは雨が降っていたというのに。

「……ゴブオ。妖精の領域では、今夜は月が昇っているのね?」

「ああ、満月だ」

しかも、満月。古来より、最も魔力が満ちると言われている日である。

(なんてこと……! 時間がずれている可能性を見落としていたなんて)

自分たちの感覚で時間を捉えていてはいけなかったのだ。あちらが〝月の見える夜〟であるなら、かの妖精はいつだって出入りが出来るというのに。

唇を噛んで悔しがるロザリアに、オスカーが冷静に疑問を口に出した。

「だが、妖精の領域では月が昇っているとわかったところで、どうにもならないんじゃないか? あの湖は人間の領域だったろう。それならやはり月は昇っていないから、小島を見つけることは出来ない」

「いいえ、あそこは妖精の領域だったのよ。恐らくね」

確信が持てないのは、実際に足を運んだのにそうだと見抜けなかったからだ。人間と妖精の領域は、似ているが全く違うもの。妖精の気配に敏感なロザリアたちであれば、ひとたび足を踏み入れれば普通はわかる。空気に混じる魔力に気付けるはずなのだ。

（だけどわからなかった。この妖精は気配を消すのが上手いのだと、最初の結界魔法をかけられた時にわかっていたはずなのに）

「……ドリュアスが言っていたわ。湖の妖精は、長いことあそこに棲んでいると。その影響で、あの土地に妖精自身が深く根づいてしまっているんじゃないかしら」

妖精の方が空気と土にしっかりと馴染んでしまっていたのなら、気配を探ることも領域の判断をすることも難しかったと思われる。

「私たちが行った時は昼間だったから、月は見えなくて当然だと思った。でも、今あの場所へ行けば違う景色が見えるんだと思うわ。月が昇っていて、小島も現れているんでしょう。だからその妖精も、外に出てこられたのでしょうし。……だから行くわ」

「おい待て、ロザ……」

「ゴブオ。森の奥にある、妖精が棲む湖に行きたいの。もし近道とかがあれば案内を頼みたいのだけど……、あなたはあの時一緒に湖へ行っていないから、難しいかしら」

ゴブオは思案するように首を捻ったが、やがて歯を見せてニッと笑った。

「出来ると思うぞ。とりあえず森に行けばいいんだろ？　森に入ったら、古くさい妖精の匂いがしないか探ってやる。オイラは闇の妖精だからな、チビの小妖精と違って魔力は結構あるんだぜ」

なるほど、とロザリアは期待に胸を躍らす。闇の妖精は元来強い魔力を持つ存在なのだ。ちょっとの力で人に大きな害を与えられるくらいなのだから。その闇の妖精が味方にいるというのは、たいへん心強かった。

「妖精の領域を進むことになるが、オイラが連れてってやるよ」

「ありがとう。とっても頼りになる相棒ね、あなた！」

皆が背後で止めようとしているのも聞き入れず、ロザリアはニコニコしているゴブオが手招く方へついていった。

ゴブオに連れられて踏み込んだ場所は、鬱蒼と緑の茂った森の中だった。ここは妖精の領域として認識しやすく、先程までいた場所とは全然空気が違っている。

「オイラを見失うなよ」

「ええ。……ああ、いけない。ついてきちゃってるわね、みんな」

背後にオスカーたちの気配を感じるのだ。ロザリアが脇目も振らずに飛び出してしまったせいで心配させてしまったのだと思うと、さすがにちょっと反省する。

「うう……リュカのことで頭がいっぱいになって、また暴走しちゃった……」

「そうじゃないお前はお前じゃないと思うけどな」

たぶんフォローしているつもりなのだと思うので、ありがたく受け取っておく。

(サラには〝加護〟の力がある。あの子と一緒なら、みんな魔力に害されることもなく私たちを追ってこられるはず)

来てしまったものはしょうがないので、申し訳ないと思いつつもそう判断して先へ進む。

ゴブオはくんくんと匂いを嗅ぎながら、慎重に進行方向を見極めていく。

「こっちだな。こっちから、ものすごく古くさい匂いがする」

一応女性の形をしているであろう妖精に対し、表現が些か失礼ではあるが、大事なリュカを連れ去ったのだから同情の余地はない、と聞かなかったことにする。

「――ここだ」

さすが魔力が満ちる妖精の通り道を進んできただけあって、すぐに目的地に到達した。

木々が開けた先の景色へ一歩踏み出して、ロザリアは緊張からぶるりと身を震わせる。

目の前に広がるのは、広大な湖。そしてそれを悠々と見下ろすように天上に輝く満月。

辺りには静寂が広がっていた。妖精の強い気配があの湖の中心部から発せられていることを、今更ながらに痛感する。昨日見たはずの景色なのに、全く違うものに思えた。

「……小島だわ」

満月の真下に位置する水面に、小さな島がぽっかりと浮かんでいる。前回来た時にはなかったものだ。

湖と陸地の境界まで進み、水面を見下ろす。そっと手を水に浸すと、不思議と温かかった。

「……ロザリア、オイラはここから先には行けねぇ。古い魔力がこびりついてて、オイラも飲み込まれちまうかもしれねぇ。しかもこれは、光の妖精の力だ」

ゴブオが顔を顰めている。強い魔力を持つものは、その分他者の魔力とも大きく反応してしまう。さらに相反する光の妖精のものとなれば、ゴブオにはキツいだろう。

「大丈夫よ、ありがとう。ここからは私でなんとかするから」

「――おい！　ロザリア！」

さて、と腕まくりをしたところで、後からやってきたオスカーたちが到着した。ロザリアの肩をグイッと掴み、行かせまいと水面から引き離すように引っ張られる。

「お前な、よく考えてから行動しろ。あんなところまでどうやって行くつもりだ？」

「泳ぐのよ」

なんの躊躇いもなく答えると、到着した面々が絶句した。

「な、何を言って――……」

「ほら、触ってみて。この湖、妖精の魔力が強く働いているわ。普通の水じゃないのよ」

オスカーの手を引いて水に浸からせる。肘まで沈めたが、彼の服は少しも濡れていなかった。

「これは……」

「それに温かいの。普通の湖じゃないとわかれば、泳いでいけばいいだけよ」

「いやいや、その理論はどこから来ているんだ⁉　小島を見てみろ。ここからあんなにも距離があるんだぞ⁉」

「問題ないわね」

「ロザリア。君、泳げるんだっけ？」

イヴァンからの純粋な質問に、軽い準備運動をしながらも張り切って頷く。

「得意よ！　遠泳の授業で先生に褒められたことがあるくらいなんだから！」

「先生？　誰だい？」

イヴァンの戸惑いは当然のものだろう。エルフィーノ王立学園に遠泳の授業はないし、公爵家で習うものでもない。それはロザリアの前世での話なのだから。

（まさかここで水泳スキルを披露することになるとはね。水泳を題材にした漫画にハマって、スイミングスクールに通い詰めた甲斐があったわ……！）

ざぶりと両足を湖の中に突っ込み、遥か先の小島に視線を定める。

「待っていなさい、湖の妖精。私のリュカを誘拐した罪は重いわよ。運動も出来るオタクの底力、思い知るといいわ……！」

そう宣言し、勢いよく足で地面を蹴る。驚愕してロザリアの名を叫ぶ声を後方に聞きながら、ロザリアは温かくて奇妙な湖の中心に向かって、完璧なフォームのクロールで泳ぎ始めた。

(水の抵抗がほとんどない。これならそう時間はかからないわね)

少し水をかくだけでスーッと進む感覚は新鮮だった。途中で疲れて少し休んでも、底が深いのに溺れることも沈むこともなく、ふよふよと浮いていられる。これも魔力の影響なのだろう。こんな状況じゃなければ楽しめたのに、と残念に思う。

何か起こるかという心配もあったが、特に何もなく小島が近づいてきた。

(良かった。近づいても近づいても遠くなるような魔法がかかっていたりしなくて)

岸に辿り着き、そっと触れてみる。確かな土の感触に安堵し、水音を立てて島に上がる。両足で立つと、景色が一変した。

「……全然小島なんかじゃないじゃないの」

広かった。対岸から見る限りは非常に小さな島に見えていたのだが、今ロザリアが立つ場所は少なくとも立派な島の一画だった。あちらからは見えなかった木々がたくさん根を張っており、ちょっとした森が広がっているようである。

(まあ、そういうものよね。なんといってもここは妖精の領域——しかも、妖精が長らく棲みついている本拠地なんですもの)

妖精の気配がぐんと濃くなった。目的の対象が近くにいるのだと肌で感じる。

（リュカだけでなく、ルイスや攫われた村人たちもいるはず。捜さないと）

頭に血が上って飛び出してきてしまったが、〝乙女〟としての責務も忘れてはならない。攫われた人を連れ戻し、それから村の周囲に張られた結界も解いてもらわなくては。ロザリアは四方の気配に注意しながら、月明かりだけが頼りの森の中を歩き出した。

（……見られているわね）

森の中に踏み込んだ辺りから、強い視線が送られているのを感じていた。正確な方向はわからない。強いて言うなら、全方向から見られているような感覚である。

（めちゃくちゃホラーなんですけど……！　リュカのためじゃなかったら泣いて回れ右してるわよ！）

しかしそうしないのは、ひとえにリュカへの強い気持ちがあるからだ。オタクの推しへの執念って凄まじいな、と改めて感心してしまう。

（……ん？　今何か、そこで……）

音が聞こえた、と思ったら、大きくて黒い何かが茂みの間からぬっと現れた。

「ぎゃ――っ⁉」

「ロザリア？」

飛び上がったロザリアの耳に飛び込んできたのは、聞き覚えのある声だった。恐る恐る閉じていた目を開けると、黒髪の見慣れた姿がそこにあった。

「お兄様！」

ルイスだった。思わず駆け寄り、抱き着いてしまう。実の兄とはいえこんなことをするのは初めてなので、彼が動揺しているのがぎこちない腕から伝わってくる。

「お、おい、ロザリア。大丈夫か」

「大丈夫……、私は大丈夫よ。それよりお兄様は？　ひどい目に遭っていなかった？」

「なんともないさ。突然この場所に連れてこられたんだが、どうやら妖精の魔法で捕まってしまったみたいで……。それに他にも三人、ラクースの村人がいるんだ」

「ええ、知っているわ。みんなを連れ戻すために調査していたの。他の皆さんも無事？」

ようやく身体を離して見上げると、ルイスが緊張を緩めた。

「ああ。突然家族や恋人と引き離されて憔悴していたが、俺にわかる範囲で状況の説明をした。助けも来るだろう、と。お前なら、必ずここを探し当てると思っていたからな」

珍しくも肯定的なことを言われ、なんだかむず痒くなる。

「わ、私一人の力ではないのよ、もちろん」

「わかっている。今のお前なら、人の力も妖精の力も借りて、どうにかするのではないかと……漠然とそう思えるようになっていたから」

そんなふうに思われていたとは、意外だった。ルイスの目に映るロザリアは、確実に変化しているのだと少しばかり感動を覚える。

「ところで、お兄様たちを連れてきた妖精がいるでしょう？　どこにいるのかしら」

するとルイスは渋い表情になった。

「それが、ここに連れてこられた時に一度見たきりで、それ以後姿を見せないんだ」

「え、そうなの？　何か目的があって連れてきたのかと思ったのだけど……」

どうやら違うらしい。ますます目的がわからない。

「ここにいると、不思議と腹が減らなくてな。妖精の棲処だから、魔力の影響で時間の流れが特殊なんだろう。それで俺と村人たちは、この茂みの向こうにある空き地に身を潜めていたんだが——、人の気配がしたので、こうして俺が代表して見に来たんだ」

「一人で来たのか」と問われ、ウッと言葉に詰まる。

「……リュカも連れ去られたのよ。それでカッとなって、飛び出してきちゃって……」

「リュカも？」

そして一拍の間の後、ルイスはくくっと噴き出した。

「な、なぜ笑うの⁉」

「いや……、リュカを心配して暴走するお前相手に、皆さぞかしたいへんだったろうなと……」

「そんなに笑わなくてもいいじゃないっ」

確かに止める面々を力強く振り切って来てしまったけれども。

「悪い、笑いすぎた。……お詫びに俺も一緒に行こう。リュカを捜しに」

むぅ、とむくれながらもその申し出をありがたく受ける。こんなふうに兄妹として気軽に会話をするのは初めてなんじゃないか、と思いながら進んでいると、やがて木々が途切れ、ぽっかりと開いた空間が現れた。中央には池がある。そしてその傍には、金色の髪の――……。

「リュカ!!」

捜し求めていた人物を見つけ、ロザリアは声を上げて駆け寄った。

「ん……？」

リュカが目を開けると、満月が視界に飛び込んできた。

「……ここは？」

ズキズキと痛む頭を押さえ、横になっていた身体を起こす。下は芝だ。周りには木と、小さな池。自分はここで倒れていたらしい。

「一体、何が……？」

周囲を確認するが、村長宅の庭でないことは確かだった。初めて見る景色だ。

少しずつ記憶を辿り、妖精に遭遇したのだったと思い出す。それに気付いて周りを見るが、自分の他には誰も——人も妖精も姿が見えなかった。

迂闊だった。ロザリアの髪につられて、油断した。恐らく、自分は罠にかかってしまったのだろう。妖精の魔力に然程敏感でないリュカですらハッキリと感じられる強い魔力、そして今日は見えないはずの満月が頭上にかかっているという事実に、ここが妖精の領域なのだと直感する。

「ロザリア様……」

今頃心配をさせてしまっているのではないだろうか。ロザリアは自分が妖精に攫われるのではと案じてくれていた。本当にそうなってしまったと思えるこの状況では、彼女が何か無茶なことをしでかしていないだろうか、という心配が込み上げてくる。

(私が感じ取れる範囲では、妖精の気配はない。ならば早く、ここから離れなければ)

そう判断し、立ち上がる。すると、木の向こうから見知った姿が駆けてくるのが見えた。

深紫色の髪を振り乱して走ってくるその姿は、今しがた思い浮かべていた人で。

「リュカ!!」

リュカの大切な主人、ロザリアが胸に飛び込んできた。

「ロザリア様……、どうしてここに」

「あなたを捜しに来たに決まってるじゃない！」

涙声で胸に顔をうずめるロザリアに、少しばかり動揺してしまう。気丈な彼女が見せる涙に、リュカはとっても弱いのだ。

「申し訳ありません。私が至らないばかりに……。貴女をこんな場所まで来させてしまっただなんて」

ぐすっと鼻を啜ったロザリアが、顔を上げた。月の光を映した深紅色の瞳が、いつもよりも不思議と紅く見える。

「いいのよ。無事に見つかって良かったわ。あのね、お兄様たちも見つけたの。だから後は、例の妖精を捜しましょう。魔法を解いてもらうために」

「はい」

〝乙女〟としての責務をきちんと果たそうとする姿に、頼もしい気持ちになる。それと共に、自分を見つけて嬉しそうにしてくれた姿にも胸が熱くなった。

走ってきたせいか乱れてしまった主人の髪を整えて、二人で歩き出す。

「リュカ、あなたは例の妖精の姿を見た？」

ロザリアが手を握ってきて、リュカはちょっぴり驚いた。今まで彼女の方からそんなふうに触れてきたことはなかったからだ。得体の知れない妖精の領域にいるという現状が、ロザリアを積極的にさせているのだろうか。

「ここに来る前に見た者がそうだと思います。緑色の長い髪の……女性の姿をした」

そう、とロザリアは簡潔に返した。少し意外だった。捜索対象の妖精なのだから、もっと質問を重ねられるかと思ったのだが。

「ここ、素敵な場所よね」

「……そうですか？」

正直、そうは思えなかった。音もなく木々が揺れる、奇妙に静かな場所。妖精の魔力を感じるからか、どこか落ち着かなくさせるというのに。

「……あなたはそう感じるのね。残念だわ」

ロザリアの声が低くなった。ゆっくり歩を進めつつ握る手の力を、ほんの少し緩める。

彼女を一目見た時から身体に走っていた違和感が、少しずつ増えていく。

そのまま彼女の視線が、池の方へと注がれる。リュカもその視線を追うと、池の端っこで何かが動いていた。妖精か——と思ったが、それはただのカエルだった。

慌ててロザリアの手を引こうとしたが、彼女はなんともない顔で「あら、カエルね」とだけ言った。

「……カエルですね」

リュカも繰り返す。ロザリアの反応を注視しながら。

「こんなところにもいるのね。ふふ、可愛い」

「……昔はよく、触っておられましたね。実は気に入ってらっしゃるのかなと」

「そうね。飼ってみてもいいかも。あ、でも、公爵邸にカエルなんて持ち込んだら怒られるかしら」

（……これは）

リュカの中で、いよいよ疑念が確信に変わった。

「そうですね。貴女が公爵邸に帰られたら、さぞかし騒ぎになることでしょう」

「え？」

重ねていた手を少々乱暴に振り払うと、ロザリアはバランスを崩してふらついた。倒れ込んできた身体を抱き留め、リュカがよく知る、細くて白い手首をぎゅっと握る。

「痛っ……」

顔を顰めるロザリアを覗き込み、リュカは冷たく言い放った。

「――それで、貴女は一体誰ですか？」

「リュカ……！　ああ、良かったわ。見たところ無事みたいで……！」
愛する従者の全身を上から下まで舐めるように眺め、目立った外傷がないことにロザリ

ア は安堵した。リュカはいつものように穏やかな表情を浮かべている。

「ご心配をおかけして申し訳ありません。私のために来てくださったのですね」

「当たり前じゃない！　あなたのためなら例え火の中水の中……湖の真ん中だろうと泳いできてみせるわよ！」

「泳いで？」

　軽く噴き出したルイスと対照的にキョトンとしたリュカに、これまでの経緯を説明する。リュカは驚いたり、ロザリアの無謀な行動に眉を顰めたりしながらも、黙って聞いてくれていた。そうして話し終えると、嘆息と共に頭を下げた。

「私のせいで、貴女にこのような無茶なことを……。なんとお詫びしたらよいものか」

「やだ、謝らないで。リュカはなんにも悪くないんだから。こうしてお兄様や村人たちも見つかったのだし、早く例の妖精を捜しましょう？」

　落ち込んでしまったリュカを励ますように言うと、ようやく顔を上げてくれた。その萌黄色の瞳はいつもの輝きが少し抑えられているような気がして、そこまで気にさせてしまったのだろうかと罪悪感が込み上げる。

（ロザリアに関して極度の心配性なリュカに、一から全部話すんじゃなかったわね）

　さあ行きましょう、とリュカの袖を引っ張る。とりあえずこの先へ進んでみようと足を動かした時、すぐ脇にある小さな池が目に入った。

夜なのに、不思議と水面が明るい。明かりとなるものは空に浮かぶ月と星しかないのだが、妖精の魔力に満ちているためか水面に映る自分の姿がよく見える。

（うわっ、髪がぐしゃぐしゃ）

全力で泳いだ後、身なりを整えもせずに走ってきたせいだろう。一見してそんなに荒れているわけではないが、普段特に髪をきっちり整えているロザリアからしたら、やや気になる状態であった。ルイスめ、なんで言ってくれなかったんだ――と思いもしたが、たぶん彼はそういうのを気にするタイプじゃないな、と諦める。……しかし。

（……あれ？）

リュカをちらりと見る。彼はエスコートするようにロザリアに手を差し出していた。

（……あれれ？）

違和感を覚えながらも、その手を取る。そっと摑まれた手と、控えめに腰に回された腕。それらの要素がロザリアの中で疑惑の種となり、一気に芽吹いた。

判断を下したのは速かった。繫がった手をパシッと振り払う。

「あなた、リュカじゃないわね！」

数歩下がってリュカ――いや、リュカもどきの何者かと距離を取る。

リュカもどきは目を瞬かせた後、ニヤリと口角を上げて笑った。

「……なぁんだ。早かったわね。もう気付いちゃったの」

リュカの顔をした口から漏れ出た声は、彼とは似ても似つかないものだった。と思ったら、頭髪が緑色に変化し、一瞬で身長を越える長さとなり目の前に広がっていく。

「なっ……」

ルイスに強く腕を引かれ、さらに距離を取る。ポケットに忍ばせていた対妖精用のナナカマドの枝に手を伸ばすが、緑の髪がロザリアたちに到達する方が速かった。

「……っ！」

しかし、それはロザリアの眼前で弾かれた。まるで見えない壁に遮られたように。しゅるしゅると髪が持ち主の元へ戻っていくと、不満そうな声が聞こえてきた。

「〝妖精女王の加護〟……、そういうこと」

そうして、ようやくその妖精の全貌が露わになった。

月光に輝く緑色の長髪を靡かせた、若くてとても美しい女の姿をした妖精だった。

ロザリアの脳裏に、《おといず》公式設定資料集のとある一ページが思い浮かぶ。

「あなたは……ルサールカ？」

水辺に棲む妖精だ。光の妖精ではあるが、その美しい容姿で若い男性を惹きつけ、水中に引き込むこともあるという。

「ええ、当たり。さすがね、〝妖精の乙女〟さん」

この領域の主であることを感じさせる強い魔力の気配に、ぞわりと鳥肌が立つ。そしてこうして対峙し、正面からその視線を受けることでロザリアは気がついた。

「この村に初めて足を踏み入れた時と、昨日、湖に来た時。こちらをじっと見ていたのはあなただったのね？」

　強い視線の主の姿は、一度も視認出来なかった。けれど今、直接受けてみてハッキリとわかった。あの時見ていたのはこの妖精だったのだと。

「そうよ。なるべく気配を消して見ていたのに、やっぱりあなたは気付いていたのね」

　さすが〝乙女〟だわ、とクスクス笑う。

「村に結界魔法を張ったのもあなたよね。……どうしてこんなことを」

　ゲームのイベントであることはもちろん承知しているが、それなりに理由があるはずだ。ロザリアはそれを聞きたかった。

　だがルサールカはそれには答えず、問いを被せてくる。

「ねえ、〝乙女〟。どうしてあの従者の彼じゃないってすぐにわかったの？」

　早くその本人を捜しに行きたいという焦りを抑えながら、ロザリアは答える。

「私のリュカへの想いを舐めないでちょうだい。完璧に擬態したつもりなんでしょうけれど、粗がありすぎたのよ」

「粗？」

　ルサールカは納得がいかないように眉間に皺を寄せた。

「そうよ、粗だらけ。……まず、リュカの瞳の輝きはそんなものじゃないのよ！」

　思わず声を張り上げてしまい、ルサールカが全身をビクッと跳ねさせる。

「一体何をどう見たらあの程度の輝きで満足出来るの⁉　彼の瞳を間近で見たことがないからでしょう？　リュカの瞳にはね、澄んだ空気の森に射し込む優しい木漏れ日のような、唯一無二の美しい萌黄色の輝きがあるの！」

　早口で捲し立てると、ルサールカが呆気に取られたように口をポカンと開けた。「おい、ロザリア」とルイスの窘める声が背後から聞こえる。

「それと彼は私の髪の状態を何よりも気にするのよ。見て、ちょっと乱れてるでしょう？こうなっていたらすかさず懐からブラシを取り出して整えてくれるのがリュカなのよ！」

「そ、そんなに乱れているようには見えないけど」

　そりゃそうだ。ロザリアにとっても全くの許容範囲内である。「俺もそう思うが」というルイスの呟きは無視をする。

「でもリュカだったら気にするレベルなのよ。彼はね、本当に私の髪を大事にしてくれているの。それから私に手を差し出した時のあの感じ、あれも全然リュカじゃないわ。最近の彼はね、もっとこう……私に触れる時、ちょっと力を込めて手は握り込むようにギュッとしてくるし、腰に回す手は自分に引き寄せるように強めにしてくるのよ！」

　自分で言っていて恥ずかしくなってきたが、事実なので致し方あるまい。

「だから全然リュカじゃなかったのよ。失格！　あの程度の擬態で私を騙せると思わないでちょうだい。あとついでに言わせてもらいますけどね、あなたさっきリュカの顔のままあくどい笑みを浮かべたわね？　リュカは穏やかで慈愛の天使のようで爽やか紳士なキャラなのよ。解釈違いも甚だしいから二度としないでくださる⁉」

「ち、近いわよあなた。一体なんなの⁉」

「落ち着け、ロザリア」

「……あら、ごめんなさい。私ったら」

警戒して取っていたはずの距離がいつの間にか縮まっていた。おまけにルイスに腕を掴まれ抑え込まれている。だが、仕方がないではないか。ちょっと熱くなりすぎたかもしれないが、黙っていられなかったのだから。

ロザリアの勢いに圧倒されたのか、ルサールカからは最初に感じた魔力の圧のようなものは薄まっていた。それでも彼女は体勢を立て直そうとしたのか、口元に笑みを浮かべた。

「まぁ、いいわ。あなたは早々に気付けたけれど、彼はどうかしら？」

池を示され、その水面に視線を落とす。そこには自分たちではなく、リュカと――ロザリアが映っていた。

「え……」

「彼にも同じことをしたの。さあ、あなたではないと見抜けるかしらね」

だがルサールカの挑発は耳に入らず、ロザリアは水面に映る光景に向かって叫んだ。

「ちょっと、何してるのよ！　リュカに触らないでちょうだい！」

ロザリアの姿をした女が、リュカに抱き着いていたのだ。自分の姿をしていても自分ではないので、ロザリアは我慢ならずに騒いだ。

「ロザリア、池に落ちるぞ。そろそろ本当に落ち着け」

ルイスの制止を拒んでいると、リュカが女の手を摑んだ。同時に、水面を通してぼんやりとだが声が聞こえてくる。

『ロザリア様の姿を真似る紛い物。貴女は何者です？　妖精ですか？　私のロザリア様に成りすまそうだなんて、罪深いことこの上ありませんよ』

冷たい声が響き渡った。ヒェッと三人とも固まる。

（……リュカ？）

『痛い！　離してよ！』

水面の向こう側のロザリアが顔を歪めるが、リュカはお構いなしだった。

『その顔で何を言われようとも私には効きませんよ。さあ、白状してください』

『私はロザリアだってば！』

『まだそんなことを。いいですか、ロザリア様はカエルがお嫌いなのです。幼少期は好んでいたように思いますが、少し前から厭うようになったのです。それを可愛いだの飼うだのと。あの方がそんなことを仰るはずがありません』

（リユカ……！）

その通りだ。元のロザリアは、摑んでオスカーに投げつけられるくらいカエルに苦手意識がなかったようなのだが、自分は前世から苦手だったのである。だからカエルを見ると拒絶反応が起きていたのだが、まさかリュカがそのことに気付いてくれていたなんて。

一人感動を覚えて涙ぐむロザリアが見つめる先で、リュカの糾弾は続く。

『それとロザリア様は自分から手を繋いできたりはしません。してほしいとは常々思っておりますが、あの方はしてくれないのです。加えて貴女のその瞳の色。上手く真似たつもりなのでしょうが、まだまだです。ロザリア様の美しく神秘的な深紅色の瞳を再現することなど、例え魔法を使ったとしても不可能なのですよ』

なんだか似たような台詞を聞いたばかりだな、と思っていると、リュカに捕らえられたロザリアが泣き出した。

『う、うわーん！　ルサールカ様ぁ～！』

ばしゃん、と水面が大きく揺れ、水柱が立った。視界を大量の水が覆い、それが収まったと思ったら――リュカが目の前に立っていた。

「リュカ！」

「……ロザリア様？」

呆けたように瞬きをしてロザリアを見た彼は、ズイッと顔を近づけて目を合わせ、それからホッとしたように相好を崩した。

「ああ……、本物のロザリア様ですね。ご無事で何よりです……！」

抱き寄せられ、ロザリアは一瞬慌てたものの、すぐにぎゅっと抱き返した。

「それはこっちの台詞よ。無事で良かったわ、リュカ……！」

緊張が解けたのか、涙がじわりと滲んでくる。リュカの指がそれを優しく拭う。

リュカはロザリアの背中を優しく撫でた後、ルサールカへと向き直った。彼女の手には
ピチピチと跳ねる魚がおり、泣き声のようなものが聞こえてくる。恐らく、ロザリアに擬
態していたものの正体なのだろう。

「貴女ですか。あんな悪趣味な真似をなさったのは」

リュカが静かに怒っている。声に感情を含ませないような言い方が、そう思わせた。ル
サールカはそんな彼から目を逸らし、魚を池に戻す。

「……つまらないわね。二人ともこんなにあっさり見抜いてしまうなんて」

「ここまでよ、ルサールカ。あなたが連れ去った他の人たちも無事が確認されているわ。

さあ、話してちょうだい。どうしてこんなことをしたの？」

「……」

ざあ、と木々がざわめく。ルサールカは感情を削ぎ落とした声で呟いた。

「……知りたかったから」

「……え？」

「揺るがない愛情というものが存在するのかどうか……知りたかったからよ」

ルサールカが自身の胸元に触れる。そこには枯れた植物のようなものが刺さっていた。

「魔法の力ですら邪魔が出来ないほどの、揺るがない愛情を示せる者がいるのか……試したかっただけ」

ロザリアとリュカを交互に見て、ルサールカは小さく息を吐いた。

「結果として、あなたたちは見せかけの魔法に騙されず、お互いを見分けられたわね。……見事だったわ」

見事だった、と言いながらも、ルサールカの表情は暗いままだった。望む結果ではなかったのだろうか。彼女の心がわからず、ロザリアは慎重に問うた。

「……それを確かめるために、こんなことをしたの？」

「そう。あなたたちがこの村に足を踏み入れた時、空気が震えてね。誰かを強く想う気持ちの気配に、私の中の何かが反応した。それでどんな人間なのか試しに見に行ってみて――ああ、この二人はきっと、私の知りたい答えを持っているんだわってわかったの。それで、どうしても試してみたくなったのよ」

（……誰かを、強く想う気持ち）

思わず、リュカと目を見交わしてしまう。

「でもそれを確かめるためには、あなたたちを引き離す必要があった。だけど〝乙女〟が妖精の気配に敏感なのはわかっていたし、私もこんなふうに魔法を使うのは久しぶりだったから……、ずいぶんと遠回りなやり方になってしまったわね」

「村人たちを攫ったのは、そのためということ？」

「ええ。強い絆で結ばれた相手がいる人ほど、魔法で引き離すのは難しくなる。だから前もって練習をしておく必要があった。少しでもその従者さんと条件が似通っているような、強く想う相手がいる人間にしようと思って、そういう人を選んだわ」

（それで婚約者がいる独身男性ばかり狙われたのね。……あれ？　でも……）

「待って、じゃあお兄様はどうして？　そういうお相手はいないはずだけど」

ルイスも首を傾げている。ふぅ、とルサールカが苦笑するように息を吐き出した。

「その人は元々連れてくる気はなかったの。だけど気配に勘づかれてしまって。見つかって計画を台無しにされるよりは……と思って、一緒に連れてきてしまったのよ」

ルイスは運悪く巻き込まれてしまったということだ。そして最初から目的はリュカだったというわけで、連れ去られる人の条件をどれほど気にしたところで、リュカを危険から守る道などなかったのだと思い知る。表面的に〝乙女〟と恋人関係ではなくとも、互いに想い合っていたというだけで〝騎士〟が狙われる展開は回避出来なかったのだから。

（私の葛藤は全て無駄だったのね。……いや、それについては一旦置いておこう）

反省会は後で出来る。それよりも今は、この妖精への気掛かりを解決することが先だ。

（やけにあっさりと話してくれたのが気になるわ。それにこの、心ここに在らずといった表情。まるで全てを諦めてしまっているような……）

まだ何も解決していない。そう直感した。〝乙女〟の責務はまだ終わっていないのだ。

嵌まりきっていないパズルのピースを埋めるために、ロザリアは問いを重ねる。

「どうしてあなたはそこまでして、揺るがない愛情について確かめたかったの？」

「…………」

ルサールカは答えなかった。無意識なのか胸元を撫でたまま、黙ってしまった。

（空気が冷たい。とても……哀しそうだわ）

ルサールカの棲処である妖精の領域にいるからだろうか。彼女がまとう雰囲気が可視化して、それが物悲しいものに見えるのだ。

（愛情について知りたかったのはなぜ？　どうしてそこにこだわりを……）

その時ふと、イヴァンの話を思い出した。もしや、と一歩ルサールカに近づく。

「……もしかして、あなたの過去と何か関係があるの？」

ルサールカがピクリと動いた。次いで、探るような視線が向けられる。

「……なんの話？」

「あなたは昔、この村の男性と恋仲にあったのだと聞いたわ。添い遂げることは出来なかったけれど、大切な人だったのよね？」

悲恋の物語だった。そのことが今もルサールカを苦しめているのではないだろうか。それゆえに、揺るがない愛情について知りたいと思ったのではないだろうか。

「……どうして、それを」

「あなたの恋人の日記が残されていたのよ。妖精の目に触れても伝わるよう、妖精たちの古い文字を使ってね」

「あの人が……日記を？」

感情を一気に取り戻したように、ルサールカの顔色が変わる。

「なぜそんなものに私を……。私のことを笑い者にでもしたかったの？」

「いいえ。後悔や懺悔がたくさん綴られていたと、読み解いた人は言っていたわ」

「後悔？　そりゃあ後味が悪かったでしょうね。永遠の愛なんてものを誓いながら、私のことを裏切って捨てたんだから」

吐き捨てるようにルサールカが言う。やはりこのことが彼女の中に深い影を落としているのだと、ロザリアは確信した。

「彼にも事情があったようなの。でも、だからってあなたを傷つけていい理由にはならない。あなたとちゃんと話をしなかったのは、彼の非だと私は思うわ」

ルサールカの瞳を正面から見据えて言うと、彼女の顔が大きく歪んだ。そして、ずるずると力なく芝の上に座り込む。目線を合わせるように、ロザリアも傍にしゃがみ込んだ。

「なんで、そんな……今更」

震える身体から、掠れた声が絞り出される。

「……哀しかったのよ」

「ええ」

「……愛していたのに」

ひく、と喉を鳴らし、ルサールカが堰き止めていたものを吐き出すように語り始めた。

「……あの人、ある日突然、湖のほとりに現れたのよ。村の祭りで舞を披露しなきゃいけなくなって、人目につかない場所で練習をしたかった、なんて言って」

遠い記憶の引き出しを少しづつ開けるように、ルサールカが瞳をぎゅっと閉じる。

「私の姿が見えたようだし、面白そうだから付き合ってあげることにしたわ。ルサールカは踊りが得意な妖精。アドバイスをしてあげたり、話をしていくうちに親しくなっていって……、そうして、恋人になってほしいと言われたの」

そこでルサールカの声が一段と低くなった。

「……私が人間じゃないってわかっていて、それでも望まれたから応えたのに……あの人は結局、人間の娘と結婚をしてしまった」

ぽとり。大きな滴がルサールカの瞳から零れ落ちた。

「裏切られたのが許せなくて、哀しくて……。全てどうでもよくなったの」

そして、これまで以上にこの地に閉じこもるようになったのだとルサールカは言った。

「……だけど、長い時間を過ごしても私の中では消化出来なかった。あの時は確かにお互いを何より大切だと思っていたのに、そんなにも呆気なく消えてしまうものなのかって。……だから知りたくなったの。揺るがない愛情なんてものは、存在するのかって」

「……そうだったのね」

胸が痛んだ。人のように恋をし、愛を知り、それを失うことになった妖精の悲嘆に。同じような経験をしたことがないロザリアでは、なんと声をかけたらよいのかわからない。

「結局、私に残されたのはこれだけ。あの人は、永遠の愛を誓う証だと言ってたのに」

そう呟いて、ルサールカが胸元の枯れた植物にまた触れた。

癖のように何度も触れているそれは、愛の誓いとして彼から贈られたものだったのか――と納得すると同時に、ロザリアはようやくその植物に見覚えがあることに気付いた。

（あれ？　もしかして……）

ポケットの中に手を入れ、しまいっぱなしになっていた一輪の花を取り出す。ルサールカのものはずいぶんと枯れてしまっているが、自分の手の中のそれと同じであった。

「スターチス……」

声に出すと、ルサールカが怪訝（けげん）そうに視線を上げた。

「……わかるの？　これがスターチスだと」

「ええ。ほら、私も同じものを持っているの。この村では好まれていて――とりわけ、恋人たちの間で親しまれているのでしょう？」

「そうなの？」

ルサールカが初耳だとでも言うように、不思議そうに胸元のスターチスを撫でた。と同時に、ロザリアの中で大きなピースがカチリと嵌（は）まった音がした。

「そ、そうよ、スターチスなんだわ！」

突然大きな声を出したせいで、その場にいた者たちがビクッと驚いて肩を揺らした。だがロザリアは今しがた気付いてしまった事実について、興奮冷めやらぬ状態で語り出す。

「ルサールカ、彼は本当にあなたのことを心から愛していたのよ。人間としての立場上どうにもならないことがあって、別れを選ぶしかなかったけれど……あなたに永遠の愛を誓っていたの。それは、今もよ」

「……何を馬鹿なことを」

疑いの眼差（まなざ）しを向けるルサールカの肩を、安心させるようにそっと包む。

「あなたへの誓いを、彼はこの村に遺（のこ）しているの。ずっと残る形で。……このスターチスに託（たく）して」

「スターチスに？」

「ロザリア様、もしやあの丘のことですか？」

リュカの問いに、顔を輝かせて頷く。

「そう、あの丘よ。聞いて、ルサールカ。村長宅の傍の丘には、一年中スターチスが咲いているの。妖精がたくさんいたから、彼らの恩恵によってあの場所は守られているんだと思うわ。それで、彼の日記にも記されていたの。『変わらぬ心を、永遠に残る形でこの土地に遺していく』と。……たぶんそれが、あのスターチスの丘なんじゃないかしら」

「……っ」

ルサールカの瞳から、ぽろぽろと涙が伝い落ちた。一際震える手で胸元のスターチスを握り込む彼女の肩を、ロザリアは宥めるように撫でる。

「スターチスの花言葉は、『変わらぬ心、途絶えぬ記憶』。色によってさらに花言葉があるそうですが、あの丘に咲いていたのは『永久不変』が花言葉のピンクのスターチスでした」

リュカがそう告げると、ルサールカはロザリアの胸に飛び込み、わあっと泣き出してしまった。その身体を抱き返しながら、ロザリアは優しく告げた。

「彼の想いも、本物の気持ち——揺るがない愛情だったのだと思うわ」

冷たかった夜の空気が、次第に柔らかくなっていく。まるで、ルサールカの気持ちに沿うように。彼女の領域の魔力が、変化しているのだと感じた。

抱きしめる腕の力をさらに強めたその瞬間、突然、空にかかる満月がカッと光った。

「っ⁉」

光はみるみるうちに広がっていき、目を焼くような眩しさに思わず目を瞑る。驚いたルサールカが離れ、代わりに背後から抱き込むようにリュカの腕が回される。視界が真っ白になってしまい、状況が全くわからない。

(何が起きているの……⁉)

その答えは、聞いたことのある声と共に降ってきた。

「お見事です、ロザリア」

光がようやく収まったのを感じてゆっくりと目を開けると、そこには虹色の翅を背負い、女神のような神々しさと美しさを併せ持つ女性が立っていた。

「ティターニア……！」

妖精女王ティターニアだった。《おといず》エンディングイベント以来の再会に、ロザリアの鼓動がドクンと高鳴る。

(ティターニアが現れた。ということは……)

《おとかね》のエンディングに辿り着いたのだ。そう理解し、ロザリアはぐっと背筋を伸ばした。

終章　鐘の音と共に誓いましょう

（目の前の出来事に気を取られて、頭からすっぽ抜けていたわ……そういえばまだゲームは終わってないんだった……！）

「ごきげんよう、妖精女王」

動揺を抑え、まずは淑女らしくお辞儀をする。リュカも隣で綺麗な礼の形を取った。

「ごきげんよう。二人とも、元気そうで何よりです」

ロザリアは顔を上げてティターニアを見つめた。まずは続編のシナリオを完走したということに安堵する。しかし、すぐにそれは全身の緊張へと変わった。ここで決まるからだ。〝乙女〟と〝騎士〟の大事な今後――婚約を許してもらえるか否かが。

ティターニアはちらりとルサールカを見てからロザリアに視線を戻し、にこりと柔和な笑みを浮かべた。

「ロザリア、リュカ。少し、あなた方を試させていただいていました。二人が〝乙女〟と〝騎士〟として、いかに相応しい姿を見せてくれるのかを」

「……は、はいっ」

「まずはロザリア。あなたはまた一つ、妖精と人間との間の調和に貢献してくれたようですね。さすが、わたくしが認めた〝乙女〟です」

「いえ、そんな。滅相もございません」

「どうなることかと見守っていましたが、あなたは以前もわたくしの前で示したように、妖精への思いやりを持って誠実に接してくれました。〝乙女〟として申し分がありません」

思わぬ賛辞をもらえて萎縮する。

「勿体ないお言葉です。私は自分の思うがまま――……」

言いかけて、固まった。急に己の行動を省みて、思考がフリーズしたのである。

（……待って。私のこれまでの行動、結構アウトでは？）

《おとかね》の最終着地点は妖精女王に婚約を認めてもらうところにあるが、そこに至るまでに〝乙女〟は妖精女王が認める働きをしなくてはならず、尚且つ〝騎士〟との絆も証明しなくてはならない、というシナリオになっている。

大局を見れば、ロザリアはどちらの条件も満たしたと考えられるだろう。しかしよくよく振り返ってみると、前者の条件はかなり強引にクリアした感があるのではないか……と気になり始めてしまったのだ。

（私、妖精のためというよりもリュカのためというのを意識しすぎてたんじゃ……!?）

もちろん、〝妖精の乙女〟として責務を果たさねばならないという想いはちゃんとあった。その気持ちはずっと持ち続けていたが、いつどのタイミングを切り取っても『最優先はリュカ』スタイルだったのは否めない。

（そんな邪な気持ちで対処していたのに、〝乙女〟の責務を果たしたと言える……⁉）

急に不安になってきた。目標に向かっている時は気にならなかったのに、いざ事を解決して冷静に振り返ってみると、ちょっと我欲に走りすぎたような気がしなくもない。

（ど、どうしよう、「あなたはちょっとリュカのことばかり考えすぎでしたね」とか評価下されちゃうのでは⁉）

グルグルと悩み始めてしまったロザリアに、ティターニアがスッと近づいた。その顔つきからは、非難の色は感じない。

「わたくしは見守ることに徹していましたが、何に対しても真っ直ぐに取り組むあなたの姿勢は、見ているこちらを勇気づけてくれるものでした。妖精たちもあなたの仲間たちも皆、あなたに協力的な姿勢を見せてくれたのはそのおかげでしょう」

「そ、そんなことは。私はみんなに助けてもらってばかりで……、というか、ちょっと突っ走りすぎてしまったとも思いますし……」

「そうね、それは否定出来ないわ」

ティターニアが鈴を転がすような声でクスクスと笑う。

（や、やっぱりー‼）

「ですがわたくしは、そのように生命力に溢れるあなたを好ましいと思っていますよ」

「へ……？」

褒められているのだろうか。淑女に対する評価として適切なのか微妙ではあるが。

「その底知れないパワーであなたは、〝乙女〟として十分に素質があること——そして、〝騎士〟との強い絆があることをわたくしに示してくれました」

ちら、と視線を送られたリュカが居住まいを正す。

「リュカ、あなたもです。あなたは常にロザリアのことを想い、〝騎士〟として正しくあり続けようとしましたね。〝乙女〟が自分の責務に邁進出来るよう傍で支え抜く姿は、わたくしが求める理想の〝騎士〟そのものでした」

「……この上ない誉れ、ありがたく頂戴いたします」

リュカが立て膝をつき、まさに騎士然とした挨拶をする。

「あなた方は常に、互いを大切に想い、支え合っていました。確かな愛情と信頼を胸に宿し、妖精の魔法に惑わされることもなく、唯一無二のパートナーであることを証明してみせました」

ふわりとティターニアが笑う。

「よってわたくしは、あなた方が婚約を結び、伴侶となれるよう支持したいと思います」

「……っ！」

ロザリアとリュカ、二人同時に息を吞んだ。

（認められた……。妖精女王に、婚約を認められた……！）

リュカを見上げると、彼は頰を紅潮させながらこちらを見ていた。その瞳がいつになくキラキラと輝いている。

「ほ、本当に？　本当に認めてくださるんですか？　私、そんなに立派なことは出来ていないのに……」

ロザリアは感動と興奮で動揺しつつも、確認をせずにはいられなかった。

「あら、まだそんなことを言っているの？」

「自分に都合の良い展開が続くと、ふいに冷静になって疑心暗鬼になってしまうのがオタクという生き物なんです」

「……オタク？」

リュカとティターニアの声が重なった。

「あっ、いえ。今のは聞かなかったことに」

疑問符を浮かべた様子の二人に、口を引き攣らせながら笑って流す。

「おかしなところで謙虚になるのですね、あなたは。それなら証拠を見せてあげましょう。あなたが、わたくしが思っていた以上の素晴らしい成果を見せてくれたということを」

「ですがその前に、彼らも呼んであげなくてはなりませんね。皆、心配していましたから」

ティターニアが杖を一振りすると、「きゃあ」「わっ」という声と共にサラたちが現れた。

「ロザリア様!!」

「サラ！　みんなも」

ティターニアがふふ、と微笑む。

「皆、あなたを追いかけようとしていたのですが、待っていてもらったのですよ」

「ロザリア様が湖に飛び込んでしまった後、ティターニア様が現れて。それで、オスカー様が今にも飛び込みそうになるのをなんとか止めてもらったんです」

「ベネット嬢！」

オスカーが居た堪れなさそうにサラの名を呼ぶ。

「あなたまで来ようとしてくれたの？　ごめんなさい、心配してくれてありがとう」

ロザリアが素直にお礼を言うと、オスカーは頬を赤くして目を逸らした。それを見たリユカがぐっとロザリアの腰を抱き寄せる。

「さて、全員揃ったことですし、ロザリアを納得させる証拠を見に行くとしましょうか。ルサールカ、あなたにとっても行く価値のある場所だと思いますが、一緒に行きますか？」

ティターニアの呼びかけに、ルサールカは戸惑いを見せた。だが、ロザリアの顔をちらりと見た後、無言で頷いた。

「では、行きましょう」

ティターニアがまた杖を振ると、身体がふわりと浮いた。移動魔法だと理解した次の瞬間には、景色が大きく変わっていた。

「ここは……」

まず目に入ったのは朝日だった。もうすっかり夜が明けようとしているらしい。昇り始めた太陽がよく見えるその場所が、一体どこなのかと周りを確認しようとして——ロザリアの瞳に大量のスターチスが映った。

（スターチスの丘……！）

昨夜、ロザリアとリュカが話をした場所だ。大切な約束を交わしたその場所。そして、ルサールカにとっても大切な意味のある場所。

いきなり連れてきてしまって大丈夫なのかと心配になり、ルサールカを見遣る。彼女は、朝露に濡れる丘一面のスターチスを呆然と眺めていた。

その瞳にキラリと輝くものが見えたかと思うと、丘の中央に何かがぼんやりと姿を現し始めた。昨夜はなかったものだ。

「鐘だわ……」

小さな鐘楼が、一つ。瞬きの間にしっかりと形を成したそれが、ポツンと建っている。

朝日に照らされて荘厳さを感じさせる姿に、ロザリアたちの視線は釘づけになる。

「ルサールカ。これは、あなたのかつての恋人が建てたものです」

ティターニアがそっと口にした言葉に、ルサールカが目を見開く。

「彼は、あなたとの結婚を最後まで諦めなかった。この鐘を鳴らして、結婚式を挙げることを計画していたそうです。……ですが、人の世の理には逆らえなかった」

吹きゆく風に揺れることもなく、鐘は静かに吊るされている。ほのかに光を湛えるその周りには、いつの間にか小妖精たちが群がるようにして飛んでいる。

「結局、一度も鳴らされることがないままこの鐘は朽ちてしまいました。この土地に根づいた、あなたの哀しみに呑み込まれて」

ルサールカが鐘楼に近づき、そっと触れた。その横顔からは、彼女のいろんな感情が今まさに溢れていく様が、手に取るようにわかった。

(哀しみの影響で、鐘が消えるなんてことが……)

それほどまでの深い哀しみだったのだ。ほぼ一体化していたであろう湖を越え、森さえも越えたこの村の建造物に、影響を及ぼすくらいに。

「ですが、今こうして実体を取り戻すことが出来ました。それだけではなく——……ロザリア、鐘の周辺をご覧なさい」

言われるままに視線を向けると、鐘楼の周りに小さな黄色いものがあるのが見えた。

「……スターチス？」

「ええ。あれは、あなたがルサールカの心を癒したことで芽吹いたものです」

「え……？」

「あなたはルサールカの過去を繙き、二人の恋の真実を伝えました。それにより、彼女の心に変化が生じた。あのスターチスは、ルサールカの哀しみが溶けた証なのですよ」

ぽつり、ぽつり。少しずつ鐘の周りを囲うように、黄色のスターチスが増えていく。

「黄色のスターチスの花言葉は、『愛の喜び』……」

リュカが呟く。ルサールカが、朝日を背負って振り向いた。

「ロザリア、ありがとう。あなたのおかげで、彼の想いを知ることが出来た」

切なさの入り混じる笑みではあったが、ルサールカの声に悲哀の色はもうなかった。

「……揺るがない愛情を、私も注いでもらっていたのね」

いつの間にか、その胸元のスターチスは瑞々しさを取り戻していた。そして、ピンク色のそれに寄り添うように、黄色のスターチスがふわりと咲いた。

（ほんの少しでも、ルサールカの悲しみを溶かすことが出来たのかしら。……それならば、本当に良かった……）

完全に消え去るものではないだろうが、多少なりとも痛みを薄めることが出来たのなら、〝妖精の乙女〟としてこんなにも嬉しいことはない。そうしみじみと感じていると、ティターニアの柔らかい声が続いた。

「わたくしからの試練として、本来ならばあなた方二人の絆の強さを示し、ルサールカの求める答えを導き出して、鐘を復活させるだけで良かったのです。しかしあなたは、こうしてわたくしの予想を超えた結果を見せてくれました。これはあなたが妖精や人との対話を大切にし、周囲の助力を集められた結果です。――ロザリア、あなたは立派な〝妖精の乙女〟です。わたくしが断言します」

「ティターニア……」

妖精を統べる女王からの力強い言葉に、胸が熱くなる。リュカの手が肩にそっと添えられる。彼は眩しいものを見るようにロザリアを見つめていた。

「では、納得していただけましたね。わたくしからの祝福を――……」

「ま、待ってください！」

ロザリアは重大なことを思い出してティターニアの言葉を止めた。遮られた妖精女王本人をはじめ、リュカもサラたちも、みんな目を丸くしている。

「……私、約束したんです。全て終わったら、私からリュカに大事な話をするって。祝福をいただく前にこれだけは言わせてください！」

有無を言わせぬようにリュカの腕を掴んで引き、正面から向き合う。陽の光に煌めく萌黄色の瞳を真っ直ぐ見つめ、ロザリアはすぅ、と大きく息を吸い込んだ。

「リュカ。私、ロザリア・フェルダントは、あなたのことが世界で一番大好きです。次元を超えても、あなたは私の最愛の人よ。ずっと私だけの〝騎士〟でいてください！」

丘中に響くような声量で告白をすると、リュカは驚いたように目を瞬いた後――最上級の笑顔をパッと咲かせた。

「……貴女という人は」

少年のような笑みを見せてから、リュカは跪いて手を取り、その甲に唇を落とした。

「もちろんです。ずっと貴女のお傍で、貴女をお守りしましょう。――そして」

立ち上がり、腰をそっと抱き寄せられる。一気に顔が近づき、至近距離で見つめ合う。

「ずっと貴女のことを愛し、支えることを誓います」

「……っ！」

今度は唇に熱い温もりが落とされる。その瞬間、奇跡のようなことが起きた。

それまで動く気配の全くなかった鐘が揺れ、荘厳な鐘の音が大きく響き渡ったのだ。

わあっと妖精たちのはしゃぐ声が聞こえる。どこからともなく花びらが降ってきて、二人の身体が色とりどりの花びらで飾られていく。

「おめでとう！」「おめでとー！」と妖精たちが祝う声があちこちで上がる。

「…………」

二人、驚いた表情で見つめ合う。だがそれも一瞬のことだった。

「……ふふっ」

胸がいっぱいなのと安堵したのと、頭に花びらを積もらせたリュカがなんだか可愛らしいのとで、思わず笑ってしまった。つられたリュカも邪気のない顔で笑う。

初めてその身を震わせた鐘は、美しい音を村中に届けるように力強く鳴り響く。ようやくその音色を披露出来ることを喜ぶように。

「ロザリア、リュカ。あなた方に妖精の加護があらんことを」

ティターニアの言葉に、二人揃ってニッコリと微笑む。

「ありがとうございます！」

「ありがとうございます」

パチパチと音が聞こえてきて振り返ると、サラが「ロザリア様ぁ〜」と拍手しながら泣いていた。泣きながらも祝福してくれているようだ。その隣でミゲルが苦笑している。

「あ〜あ。遅かれ早かれこうなるんじゃねーかとは思ってたけど、早かったなぁ。……って、ルイス、あんたもしかして感動してるのか⁉」

「……あのロザリアが……。感慨深すぎてだな……」

「おっと、オスカーくんは固まってしまっていますね」

イヴァンに面白そうに突かれ、オスカーが我に返る。

「お、俺は別にっ」

「大丈夫ですよ、オスカーくん。婚約が認められただけで、結婚したわけじゃありませんから。チャンスはまだあります」

「だから俺は……！」

真っ赤な顔で反論するオスカーを遮るように、リュカがロザリアを胸に抱き寄せる。

「ひゃっ」

「まったく、往生際が悪い。ですが私はもう、誰にも貴女の隣を譲る気はありません」

耳元で囁かれ、全身が沸騰しそうな体温のままロザリアもギュッと抱き着く。

「……私だって、絶対にあなたを離してなんかやらないわ！」

リュカが木漏れ日の輝きを宿した瞳を細め、柔らかく笑った。

（終わった……。無事に全てを終えたわ！）
続編シナリオを終えてから、二週間後。休日の穏やかな午後、ロザリアは公爵邸の庭園にて、晴れ晴れとした気持ちでティータイムを満喫していた。

(妖精女王に婚約を認めてもらえた。攫われていたラクースの村人たちも無事に家族と恋人の元に戻ることが出来た。誰も大きな怪我をすることなく完遂出来た！)

改めて成果を振り返り、ニヤニヤが止まらなくなる。いつもより紅茶も数倍美味しく感じるな、とじっくり堪能していると、家令に呼び出されていたリュカが戻ってきた。

「ロザリア様、ラクースの村からこちらが届きました」

とても機嫌の良さそうな笑みを携えたリュカが、小さな箱を差し出してくる。

「なあに？　……あ！」

繊細な植物柄の装飾がされた小箱の中には、ブローチがあった。深紅色の宝石が中央にあり、その周りを囲うようにスターチスが彫られている。

「これ、もしかして……」

「グレンさんに依頼していたのです。他にも仕事の依頼がたくさん入っていたようですが、今回の件のお礼にと、最優先で対応してくださいまして」

いつの間に頼んでいたのか、と相変わらずの手回しの良さに舌を巻く。

「そうだったの。……ニーナさんからも手紙が届いていたけれど、結婚に向けて準備を進めていくことになったみたいね」

「そのようですね。めでたいことです」

「ええ。……良かった」

スターチスの装飾をそっと撫でると、リュカが覗き込んできた。

「お気に召しましたか？」

「もちろん、気に入るに決まっているわ」

ブローチをそっと包んで微笑むと、リュカが意味深にニッコリと笑った。

「では、祝福をいただけますか？」

「え？」

「前に約束してくださいましたよね。貴女に相応しい男になれた暁には、乙女の祝福をくださると」

「……あっ」

記憶が蘇り、顔が熱くなる。そうだ、そんなことを言った覚えがある。しかし、なんだか無性に気恥ずかしくて動けない。

（急に変われるものじゃないのよ、こういうのは……！）

何しろ、リュカのことを推しとして愛でる期間が長すぎたのだから。しかも妖精女王の許可を得たとはいっても正式な手続きはまだこれからのため、今の自分たちの関係は〝婚約者（仮）〟といった状態なのだ。あまりオープンになりすぎるのもどうなのだろうか。

などと頭の中でグルグルと考えていると、焦れたリュカの方から顔を近づけてきた。

「……っ！」

そのまま唇が触れ合う。優しく穏やかに、大切なものに触れるように。

そっと離れたリュカの瞳には、ロザリアの真っ赤な顔が映っていた。

「まだ婚約を認められただけの立場ですから、今はこれだけで我慢します。――ですが」

リュカに腕を引かれ、立ち上がった勢いのままその腕の中に閉じ込められる。

「正式な誓いを結んだ暁には、私はもう我慢いたしません。――どうか、ご覚悟を」

萌黄色の瞳が、深紅色の輝きを捉える。

「……はい」

全身茹だってしまってそれだけ言うのがやっとだったロザリアを、リュカは嬉しそうに強く抱きしめた。

「……やっと捕まえました。私だけのお姫様」

応えるように、ロザリアだけの〝騎士〟へ回す腕に力を込める。

全てを失うはずだった悪役令嬢が勝ち取った未来。それは、希望と愛に満ち溢れたものであるに違いない。それを確信づけるように、約束の鐘の音が遠い地で鳴り響いているような――そんな気がした。

あとがき

こんにちは、紅城蒼です。この度は『悪役令嬢は二度目の人生を従者に捧げたい』二巻をお手に取ってくださり、ありがとうございます！

またロザリアたちの物語を書くことが出来てとても嬉しかったです。続きが書けるなら出来る限り他の攻略対象たちも絡ませたい、と思いながら執筆したのですが、結局ロザリアとリュカの互いを推し合うターンばかりになってしまいましたね（笑）。ですが楽しく書き上げられたので、読者様には少しでもお楽しみいただけましたら幸いです。

こうして二巻発売の機会をいただけたのは、一巻を手に取ってくださった方がいらしたのはもちろんのこと、小山るんち先生によるコミカライズによる力もたいへん大きいと思っております。未読の方にはぜひそちらも読んでいただけたらと思います。

最後になりましたが、担当様、獅童ありす先生、小山るんち先生、本作に携わってくださった全ての方々に、心より御礼申し上げます。

皆様に妖精の素敵な加護があらんことを！

紅城　蒼

■ご意見、ご感想をお寄せください。
《ファンレターの宛先》
〒102-8177 東京都千代田区富士見2-13-3
株式会社KADOKAWA ビーズログ文庫編集部
紅城蒼 先生・獅童ありす 先生

●お問い合わせ
https://www.kadokawa.co.jp/（「お問い合わせ」へお進みください）
※内容によっては、お答えできない場合があります。
※サポートは日本国内のみとさせていただきます。
※Japanese text only

悪役令嬢は二度目の人生を従者に捧げたい 2

紅城蒼

2022年8月15日 初版発行

発行者　青柳昌行
発行　株式会社 KADOKAWA
〒102-8177 東京都千代田区富士見2-13-3
（ナビダイヤル）0570-002-301
デザイン　Catany design
印刷所　凸版印刷株式会社
製本所　凸版印刷株式会社

ISBN978-4-04-737137-8 C0193

定価はカバーに表示してあります。
◇◇◇

ビーズログ文庫

魔法学者はひきこもり！

完璧王子が私の追っかけでした

ひきこもりの私が、キラキラ王子様の“推しメン”!?

①〜②巻、好評発売中！

紅城蒼(くじょうあおい)　イラスト／ねぎしきょうこ

試し読みはここをチェック★

最年少で博士号を取得した天才魔法学者のミーシャは、重度のひきこもり！　なのに突然、自称“大ファン”のキラキラ王子が「魔法を教えてくれ！」と押しかけてきて？ ペースを乱されっぱなしの、ひきこもり脱却ラブ！